焰口餓鬼

李碧華

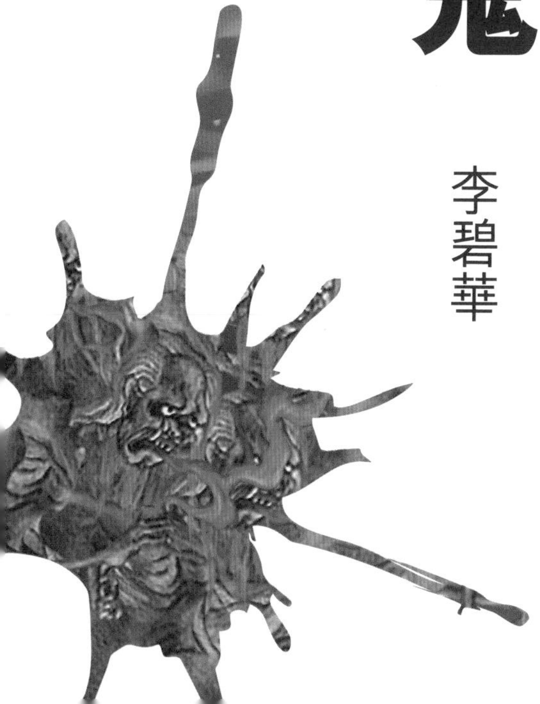

目錄

第一輯

玉仙羹 7
冰箱妖 39
人面瘡 87
蜥蜴 97

紫禁井妖 127
焰口餓鬼 139
玫瑰與菊 169

第二輯

古牆 195
赤狐之淚 213

玉仙羹

無
壽
萬

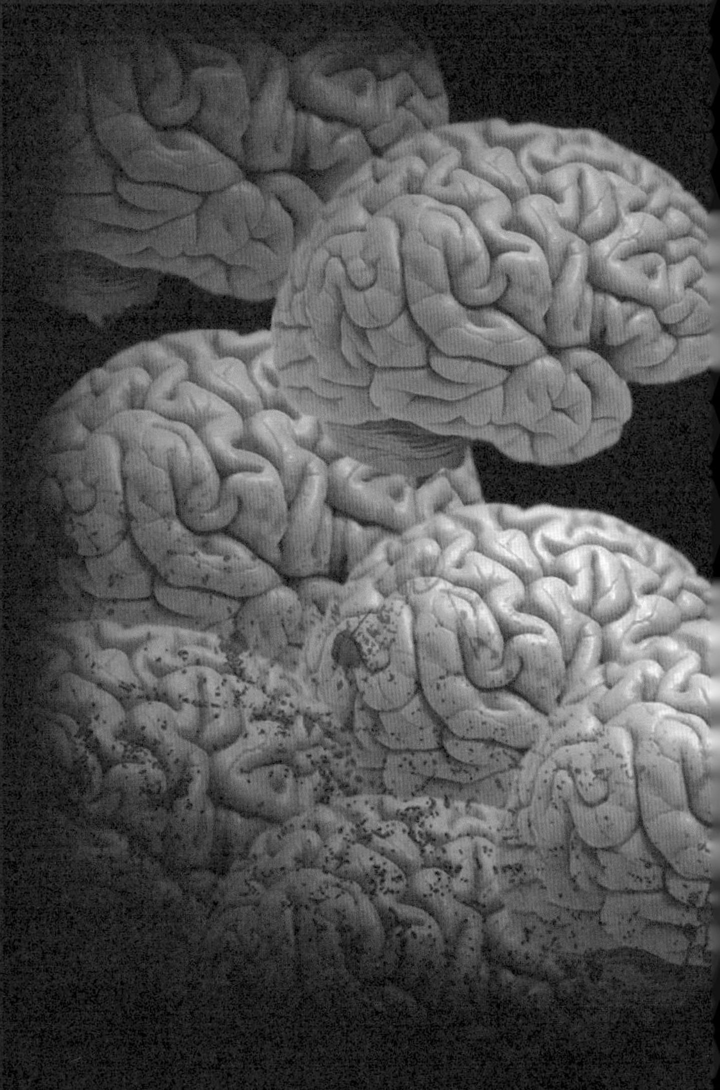

很多人喜歡吃鴨脖。

鴨一身是寶，血肉內臟都可入饌也是美味，但有人特別愛鴨脖——當然得連頭的。

它是湖南、湖北、四川、江西等地傳統名吃之一。最早起源於清朝，輾轉流傳至今，已風靡全國了。

光鴨脖也許乏味，所以都以醬汁加工，通過各種香料或中藥材浸泡、風乾、烤製，那一根一根的鴨脖子，香、辣、甘、麻、鹹、酥、綿……更吸引的，是一小團腦漿，七味豆腐似的。

麻辣、滷水、酸菜燜、明火烤……都是各家招徠的菜，甚至滿街可買到的零食。不少城市都見，武漢很著名，八大品牌她都吃遍了。

有句這樣的話：「人固有一死，或死於武漢女孩，或死於武漢鴨脖子。」因為正宗武漢鴨脖那個美味——誘惑力之外，其實也有風險，禽畜類這個部位的淋巴帶毒，欠衞生，對身體不好。

而近來的金句，當然得加上了「人固有一死，或死於武漢女孩、武漢鴨脖子，或武漢肺炎。」至今，這場肺炎瘟疫殺傷力和死亡人數仍是一個可怕的謎。

武漢各店都來過這客人。不管是周黑鴨、精武第一家（有幾十家，家家自詡「第一」）、老九、絕味、翟先生、曾記……都有她身影。可打武肺肆虐，封城關店市面蕭條後，她就不見了。

另覓心愛的美食。

她也到過香港，港人愛潮州滷水鵝，食家認為最好吃的不是鵝肉鵝掌翼鵝雜，而是鵝頸，那頸特長，鵝頭又香，吮吸十分滋味，連指頭也幾乎給吃掉。

港人也愛燉湯，各式各樣食材中，她只挑豬腦：天麻燉、淮杞燉……

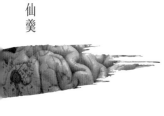

客家的甜酒雞蛋燉豬腦，她吃過，但嫌渾沌一堆，看不分明。

她有時還要求：

「多一副豬腦，那血膜不用挑，筋膜也不用扯走，費時。」

「小姐，這工序人手做，很精細，我們把白色筋膜和血膜血絲用牙籤挑走，是心機工呢，賣相也好多了。」

「不用了，原汁原味原形吧。」

真怪，看來不是喝湯，而是吃腦。廚子納悶。

——她就是為了吃腦！

這年輕女子，年約20，何以有此特殊口味和癖好？沒人知道。若有人多問，她下次就不來了。

看來沒有父母、兄弟姊妹、家人親戚朋友，也沒聽到街坊熟人喚她名字，沒有職業不見上班，反正每隔幾天，便到處找腦吃，吸毒充電一般，擺脫不了。

也許她經濟不成問題，神出鬼沒，五鬼運財。有錢，但沒人生樂趣。

終於找到一處，挺有名的，自1970年代便在台灣台南市東山區揚名立萬，「東山鴨頭」，以鴨頭鴨脖子為主打，當然亦有鴨掌翅、內臟、鴨舌、鴨腿、鴨屁股等，但她一點興趣也沒有，光點一味。這家的醬汁有醬油、中藥、滷水，還加麥芽糖提味，工序繁複，當然勝過夜市攤子，據說連小英總統也愛吃，所以吸引不少食客，旅人和老外也有。

店家和食客宣揚：「天氣漸涼了，都得進補。」又道：「鴨肉肝腎固然營養豐富，抗氧化抗衰老，治心血管病，但鴨頭的功效不可小覷，以形補形，就像吃鞭補陽，吃眼明目，吃骨補髓的原理，吃鴨頭補腦。」

她想：「真對！」

不但促進思考能力，而且填補空虛，增強體力，就算是行屍走肉，也

不致因欠缺而遺憾……

有大學生帶了老外同學來光顧，獵奇一樣。老外對臭豆腐、皮蛋、青草茶、豆腐乳、鴨血鍋這些，不大接受，滷得烏亮的鴨頭，黑如廢柴賣相唬人，他們都表現得「戰戰兢兢」，還猶豫：「頭的內部不乾淨，有金屬也有病毒……」

同學笑：「不會啦，洗得很乾淨，而且炸好再滷什麼惡菌病毒也掛了，香脆又好吃。」大嚼起來。

老外自鴨頭中找出一團白色物體：「天呀！這是腦漿嗎？」表情怪異：

「這不是一個大號的青春痘嗎？」

少男少女受賀爾蒙和皮脂分泌旺盛影響，多長青春痘，愛把它們擠破，膿漿濺出十分痛快，清空了便結一個疤……

但在鴨頭，這才是精華所在，也是她人間遊蕩唯一目標——「青春痘」？她沒有青春痘，更加沒有青春。

在一秒之間，成就了一碗「玉仙羹」……

溫潤如玉，飄飄欲仙，多滋補養顏強身的羹湯！光是名字已叫人嚮往。

五十多年來，每當她頭痛欲裂，思想空洞，表現痴呆時，曾被掏空的行屍走肉，在人間這裏去那裏去，原來不過是掌權者一碗玉仙羹造的孽。人，失去了腦袋當然不能活，再難反抗，但失去了腦漿，就成了苟活的妖怪，終其永生，到處找尋填補的暫代品。

從前，她20歲，青春少艾漂亮可人，自「那天」起，就得為腦漿奔波，若一時找不到，便遲暮衰敗，一下子老了幾十年，瀕於枯萎……幸好世上可吃可補的腦也真不少，中港台都有「專門」食店。

其實東南亞一帶也有，什麼雞仔蛋鴨仔蛋，是一開殼，便把晶瑩鹹香

的胚胎，連骨肉毛血帶腦漿，一口氣吮吸進肚子中……

但她不願去。

基於恐懼、忌諱、心寒，怕舊戲重演一遍的提醒，受不了——因為這秘密工房的紀錄和造像，令她歷歷在目。

中國文化大革命，說是革「文化」的命，打砸搶燒破舊立新，但「迷信」不改，「玉仙羹」便是領導人掌權者至愛，首長將軍元帥……都認為用人腦製成羹湯，是延年益壽卻病強身壯陽回春的大補，這極品，食材是「新鮮」的人腦，被取出後，馬上加工製作，馬上食用。領袖界權力範圍內，非常流行，但秘而不宣。沒有留痕。

當年，柬埔寨的波爾布特（赤柬總書記，紅色高棉最高領導人）來到中國，被款待以名湯，一嚐不可收拾，柬共頭目皆食「玉仙羹」成風。

柬埔寨至今仍是落後國家，人們走進吐斯廉博物館（紅色高棉大屠殺紀念館），可以見識那在 1975~1979 年，赤柬治下泯滅人性的監獄，惡名昭彰的 S21 集中營，無數無辜民眾異見份子政治犯……被殘酷殺害，這是他們的文化大革命。

紀念館中有照片，也有一副特殊「刑具」，就是將人固定在座椅上，從後腦直接鑽洞，來自地獄的，尖銳的嘞——嘞——嘞——忽地轟然一響，活人的大腦噗噗地被吸取去……

每聯想至此，她耳畔腦後便出現那悽厲而銳利的鑽洞聲，金屬機器速動，步步進逼，她，和很多階下囚，地富反壞右，或年輕大學生……被綁得牢牢的，在座椅上無法轉身，也不知莫測的危險……

喪命的魔爪何時一插即中，奪去鮮活的大腦，一秒之間被吸取淨盡——這是不斷折磨的噩夢。

親身的「體驗」，一生只有一次，卻是永不磨滅的陰影：白色、灰色，

最後一片黑。

柬埔寨就有所謂「紀念館」把惡行劣跡公諸後世，但中國？千百年來，掌權者幹盡傷天害理，喪心病狂的勾當，酷刑、鎮壓、逼害、殘殺，甚至奪命採補，沒有紀錄、記載、傳言，遑論片段——當然，在科技不發達，資訊欠透明的封閉國度，總埋藏已窒息的真相。

她的腦漿不知營養了誰？那些在火紅革命年代，眾人崇拜、尊崇、追隨過的領袖們嗎？他們光輝燦爛的形象背後，是一雙雙沾血的黑手，和喝玉仙羹的饞嘴！

因為失去了大腦，特別懷念。

人腦是神經系統的指揮中心，重量不過 1.5 千克，佔全身體重的 2%，含水量 78%，卻是最寶貴之物。腦漿精華，外層灰質，內層白質，不過是灰、白二色，怎麼便成了大補極品？

「御廚」侍候領導人，都沉着謹慎且迅速行事。吩咐助手：「上回燉湯用的是母雞，一般都用母雞，領導認為滋補緩慢，所以今兒個改用公雞。」

「師傅，公雞性屬陽，火氣很大，也列為『發物』之一，若領導有風熱感冒或過敏，怕有差池。」

「不怕。」主廚道：「公雞為雄，主要有壯陽和補氣作用，肯定比母雞強。」

他們每次挑選珍貴藥材，如人參、靈芝、龍涎香、冬蟲夏草、雪蓮、何首烏、鹿茸、麝香、海馬、燕窩……燉出不同味道的上等雞湯，砂鍋熬着，小火慢煨，有所等待。

——等着一副或幾副人腦……

抓來年輕力壯腦筋靈活，有獨立思考能力的少男少女，已被綁好待取

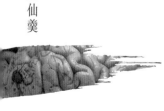

活腦了。

一聲令下，備好一鍋湯，端待一旁。

鑽洞機開動，位置精準，手勢熟練，腦漿一吸取出來，倒進鍋中，加上蓋子略焗，馬上盛好上桌——有時一人享用，有時多人分甘。多人分甘當然得多取幾副人腦，也就等於多殺幾人了，這是稀鬆平常事，最初也許震驚，流行了便是廚藝。

本來是煨好的「湯」作底，加了珍貴的腦漿，黏稠了，便成「羹」。沒有任何外人知悉炮製玉仙羹的血腥和恐怖，保得領袖身強力壯延年益壽統治國家，穩穩把握着權勢，清除一切異己，多費精神力氣！比起來，蟻民人命輕賤。

那些個主廚副廚，每隔不久便換一批。哪去了？只有死人才不會説話。

還有，他們的腦子不行，傷殘病弱當然不要，日夜彎腰的奴僕，年紀不輕思想不靈，無食用價值，所以為保高度機密，取腦的、被取腦的、烹腦的，絕對不可能活着走出金鑾殿……

她，和一些受害人，走出來，在人間遊蕩，只是全無復仇能力，還要奔波為自己「採補」的怨靈、妖怪、小腳色。

正放空着——

「咦，你也是受害人嗎？」

有個男子走過來。

她不以為這世上還有認識的人，更別說是朋友了。只下意識四下一瞧，才確定這穿藍上衣工人模樣的年輕人在問她。

警覺回應：「也是什麼？」

又道：「認錯人了？」

「沒。」他肯定：「我也是——我們這一類，腦袋有點輕，稍稍歪斜。而且只愛吃腦。」特地告訴她：「我月來在這店見過你幾回了。以前我也吃鴨頭，可愈發不管用，一下子就耗掉了，不夠！」

「我還可以的。」她自嘲：「也許女的腦袋容積比較小，日前也補足了。」

「再過一些日子，你一定需要更多，得增量增濃。」

「你有什麼門路？」她問。

「這是一條不歸路，我真受不了，要吃活的！」他道。

「跟我來！」他是「他鄉遇故知」的心態，彼此同是天涯淪落人，所以為她着想。

「到哪去？」她倒有點遲疑，生活刻板，「補給」成了習慣，別無可戀也別無寄望，不想壞了規律。

「我們吃腦自由行，哪不能去？」他道：「給你介紹好東西！」

又道：「吃過活的，就不願吃死的了。」

——他們到了西南邊陲地帶，雖較荒僻，也不文明，但原來不少老饕，愛安排來此進補。

只見廚房一角的儲藏室，有個大鐵籠，關着些野味，鐵鏈鎖着兩頭猴子，都很鮮活，呲牙咧嘴，吱吱的叫。

正看着，夥計和老闆用布袋套了一頭猴子進來，向廚師道：「剛有門路買了一頭，這挺野性的，健壯，一點也不安份，看，力度多大！」

老闆向布袋笑道：

「乖乖的，待會就舒坦了。」

這一男一女兩個食客，看上去很普通，貌不驚人，卻懂門路呀——男的把一疊鈔票放在桌上，老闆忙不迭慇懃招待：「是書記給介紹的？我曉

得。請上座，這剛到手的鮮貨就為兩位炮製了。」

「生鮮活吃不用多調味。」他倒有經驗，有目標。附耳告訴她：「這猴子靈活，一看就知道好貨色！」

「有些人愛吃穿山甲、果子狸、豹子、獐子、蝙蝠——因為肺炎瘟疫，我們也少供應。吃猴腦高明，沒病沒毒，又大補。」

問：「愛怎麼吃？『頭上』還是『身上』？」

「身上吧。」廚師建議：「你砍牠頭有過程。」又道：「不過這不影響嚐鮮。」

有人喜歡這刺激又精彩的過程：先用帶套圈的長棍，制住，收緊，牠知生命已到盡頭仍竭力掙扎求存求饒，發出嗚咽哀聲，直至差不多沒氣了，廚師用刀把牠的頭砍下來，身首異處。鮮血濺了一地，但沒工夫處理——爭分奪秒，把猴頭洗淨，剝皮，露出那圓渾誘惑的天靈蓋，然後劈開……

他向廚師道：「有女客在，還是別太激烈了，全身上桌吧。」

「什麼是『全身上桌』？」她問：「像烤全羊一樣？」

「不，」他一笑：「猴子的肉有酸味，又韌，沒人吃的——我們只吃精華。」

「客人放心！這菜式在中國由來已久，明朝的《本草綱目》也有記載。」老闆道：「我們打開門做生意，是有根有據有研究，並非目不識丁的市井屠夫可比。」

廚師奉承：「老闆可是唸過大學的。」又景仰：「他家跟鎮委書記很熟——」

「這不用提了，我們貢獻美食而已。」

他們推出一張特製小桌，中間有個洞，猴子全身在桌下已被鎖困也被桌布遮住，那個洞恰好讓已剃毛的猴頭凸出來，圓睜的雙目靈活轉動着，

想看清楚當前環境和形勢。以牠的聰明伶俐，大概也猜到自己下場吧？

廚師和夥計快速地取過利器，向牠的頭蓋劈去，一下、兩下、三下……劈開破洞，牠還沒死去，仍勉力搖動頭顱，發放沒人聽懂的「遺言」，雖存活，到底已知不妙，淺粉紅色熱呼呼的腦呈現人前。食客每人一個碗，盛着紅油調料，每人一個金屬匙子，馬上把腦漿舀出，過一過調料便趁熱放進嘴裏，才幾匙子就幹掉，猴子還是活的，無辜又費解地盯着那吃掉牠大腦的人，眼睛巴嗒巴嗒眨着……

她的心噗通噗通地跳。

從沒吃過活的腦，才半口，忽然惡心，哇拉哇拉吐了一地，連帶那微微粉紅卻難以下嚥的寶貴美食，頓成穢物。

同行的他，吃得鮮美，吃得滋味，把握良機一滴也沒浪費——反而她，如此無福消受！

「哎，你真是少根筋！」他道：「好不容易吃上活的，可抵一兩個月呢。」

一聽「少根筋」，她的眼淚淌下了：「在罵我？還是罵自己？我們都缺大腦，無思考能力，只得永生永世填補漏洞——但有必要那麼殘忍嗎？」

「你覺得恐怖？」他更殘忍地道出真相：「再過一些痛苦年月，怕猴腦也不管用了！」

空洞腦袋所需？「可抵一兩個月」？以後呢？

在無涯的歲月裏，所有喪屍、吸血殭屍、吃腦妖怪……和所有極權的領導人，吃的，都是一條又一條人命！否則如何「延續」？

「你說，如果有一天，猴腦不管用了，就會……」

「我不知道——」

「不要！」

誰也猜得到。

她悲哀地大喊：「不要！我們為什麼會成魔呢？為什麼要跟隨我們仇恨的掌權者，最後也吃上『玉仙羹』，以求延續生命？不管百姓福祉，禍國殃民草菅人命。」她不甘心：「我們都是有理想有希望的年輕人，但也是受害者，熬到今天，人不人鬼不鬼，一到時候，便要『吸毒』般吃盡各樣的腦漿，身不由己——但，我們真要變成與他們同類嗎？」

這是萬劫不復，回不了頭的！在她歇斯底里，激動失常當兒，世界彷彿停頓，而他，已經消失了。

她勸不止了。

再見到他，已有一段日子。那是在一家醫院外，而他，正失望地離開。

真如等待充電的道友，什麼「癮君子」？簡直是「癮小人」，口水鼻涕形容枯槁，頭也抬不起。

「你！」她堵住他：「別走！」

他仍是抬不起頭來。

「吃人腦了？」

「沒有。」他痛苦又無奈地：「病人的腦，都有病毒、細菌，而且變質，有異味，怎吃得下？醫院是不能了……」

她心念一轉，臉色一變：「你千萬別吃嬰兒的腦，我不會放過你的！」

「嬰兒？我也動過心，他們全無抵抗能力——但，我還是不忍。」

「那怎辦？！」

「我趕到刑場去，你別攔我！」

刑場？

一聽「刑場」，就知是個不祥之處，死人的地方。「人性本善」的嬰兒少年，與生俱來單純天真，成長清白樸實，怎會在刑場伏法？

記憶中的嬰兒？

他之前也動過心，更面對過——

是這兒了！嬰兒頭頂凹陷的位置，「腦囟」，由數塊頭骨拼合組成，因未完全發育成長，頭骨與頭骨之間尚未自動縫合，這個縫隙，是會「蹦蹦跳」的，腦囟下方的腦部充斥血管動脈，摸上去十分脆弱，好似只得一塊韌膜，哪有保護作用？

而且，嬰兒根本無力抵抗。

作為一個遊蕩了數十年的妖怪，神出鬼沒錢財予取予攜，說是偷盜也好，償還也罷，但白花花的鈔票再多，「覓食」的方法手段再多，為求好貨仍是疲於奔命的。

眼前嬰兒那不設防的腦囟一戳即破，世上最純美甜蜜的腦漿馬上到口……忽地，嬰兒哇哇哭了。

嬌嫩可愛令人心疼不已。對他而言，是不忍。

「寶寶別哭！」媽媽抱起哄着：「媽媽疼，怎麼？拉了一大泡？好好好，侍候寶寶了……」

他旁觀，如何奪人所愛？放手了。

他才25歲，當年原是鋼鐵廠工人，雖然分配進廠，是白天黑夜的倒班，生產環境也差，各種廢氣灰塵對身體有傷害，在七十年代，人人都窮，但鋼鐵專業，前途還是有指望的，往上提升的崗位也多，年輕力壯的工人，在運動來時，有部份敢言的、失言的、貼反了標語的……竟被打成「現行反革命」，當中，一些人遭秘密關押，像他，就成為「玉仙羹」的內涵；一些人綁赴刑場去槍斃。

——他不是去尋找故友，他是去物色鮮材。

記得在文革中，公審大會後的處決，是半公開的。當年哪有什麼娛樂？這就是娛樂！他和看熱鬧的人站在遠處觀賞槍斃，一個活生生的人，瞬間變成屍體。

回憶中忽地有個畫面在迴旋：槍聲響後，犯人倒地，好些農民鑽入刑場，拿着小勺和鋁飯盒，快速挖取收集腦漿……

看來，古今中外，都知道這個是好東西。只是中國人特別愛——愛賣得的好價錢。

為什麼農民、工人、黑幫……都可以在槍斃後快速收集腦漿？刑場的人睜一眼閉一眼，只裝模作樣踢幾下驅趕離去，未幾又繼續此勾當？因為，他們也有利益輸送，沒錢誰幹？

這是文革經常發生的事。

當年處決的人多。而且「子彈費」還要家屬支付的，這些年來，由當年的五毛、一元……到後來的五元，十元不等，今天也許是公家的帳，他不知道。

這回是他成為吃腦妖怪後，才再踏足刑場，且挑的是三四線城鄉，沒那麼「文明」。即使時間過去，僻壤的刑場「劊子手」在執行時仍戴着墨鏡和口罩——戴口罩在近日疫情下也平常，但其實慣例為防止死者的血和腦漿飛濺到嘴裏。至於墨鏡，除了隔着鏡片那血色不太悽厲，還防止死在自己槍下的犯人認出來，日後索命……

他知好些地方用「藥物注射」來代替槍決，成本高很多，社會進步為了人道減少痛苦，但那不是他要去的刑場。

這天不巧只有兩個死刑犯。被帶到山野荒郊跪下，行刑手是武警部隊中挑選的，手拿上了刺刀的步槍，站在犯人背後大約兩步之距，法醫先將刺刀頂在犯人背後的心臟位置記號，以保證能擊中心臟。都是販毒的，二人五花大綁，褲管還用「防污繩」紮起來，那女的已腿軟哆嗦，屎尿拉了一褲子，悽慘泣喊：「媽！媽！」；壯健的男犯被強制下跪，仍一臉驃悍——他「選了」男的。

「砰！」、「砰！」槍聲兩響，女的仆倒，心臟的血剛好噴湧到她身前那個已挖好的小泥洞中。但男的中了，痛楚不堪，奮力掙扎嚎叫，一槍不斷氣，行刑者旁邊的老手馬上補槍，這槍因他劇動，所以中了後腦！

他見機不可失，火速衝前，把流濺的腦漿，大口大口舔盡，地上的也不放過——珍貴啊！豐腴、香濃、甘美……原來「瓊漿玉液」是這般滋味！

他一回頭，竟看到尾隨而來的她……

她沒攔，也攔不住。

這「如飢似渴」的過程令她眼中充滿哀傷——卻沒有怨恨，因為她明白，終有一天自己也會如此淪落……一言難盡，百感交集。

他回過身來，對着這同路人，不，不同路，只是「同命人」。

「充電」亢奮滿足過後，矛盾痛苦接踵而來：明知是罪孽，但身不由己，死不去，走不掉，逃不了，永遠的循環，不斷重覆……泥足深陷？

「在極權國家，每個人都受箝制、操控，不管年齡、身世、智愚、美醜，誰也認不出自己，找不到自己：腦袋空洞，不能思考，只求續命，奔波覓食，忘記自由、人權、良知、生命——一式一樣的人、或鬼、或妖、或魔。」

他對自己一笑：「我嚐過人腦了，明白了，再也不想成為它的奴隸！」

「這是頭一遭，也是最後一回。」彷彿是誓言。

「對了，」他問她：「同志，我還不知道你的名字呢。」

「我叫莫紅兵，被取腦時20了。」

「我叫賀向東，25歲。」他訕笑：「鋼鐵廠工人。你一看就知道是個

大學生。」

「生不逢時，無法掌握自己命運。」她道。

「怎會？最後也要自主的。」

此時，驗明正身又證實斃命的死刑犯屍體，因沒家人親屬認領，仵工給裝進塑料袋中，扔上板車，直接送刑場的火化間——他揮揮手：「再見！別送。」轉身去了。

火化爐高溫近千度，確保把任何物體焚燬，化為灰燼……他縱身跳進去，義無反顧，不再苟活，永不超生！

她向青空道：「賀向東，永別了。」

這一代的人，都同一模式，喚向東、捍東、衛國、忠誠、立新、興無、反帝、要武、紅兵，一聽就知是同命人……營養過恃權殺人謀求「玉仙羹」的統治者，但統治者化不了玉，成不了仙，他們沒一個活過百歲，還不是老人痴呆、假面症、百病纏身、死於惡疾？如何逃得過？

只是不知在飄渺滄桑人間道，又有多少像她那樣的不死之妖，苟活到今天？

冰箱妖

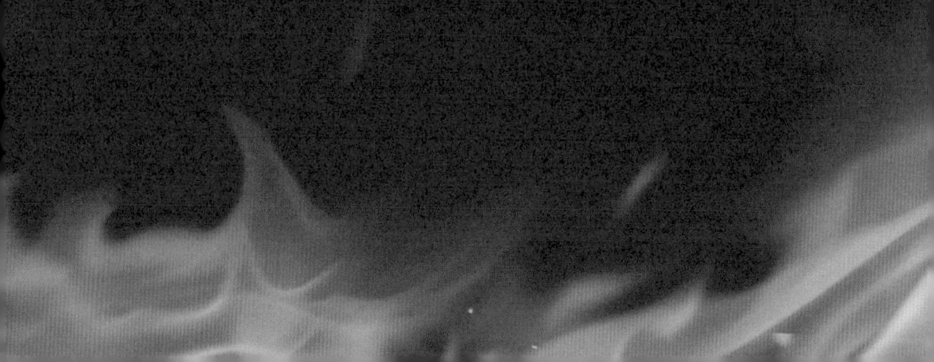

阿豪見女友阿茵大袋小袋的拎進門，忙不迭接過放好。他們拍拖4年，以前冬至之日都回家與父母家人一起做冬，今年自我隔離得很小心。

「冬大過年。」阿茵道：「我們做冬不違二人限聚令，打邊爐最好。」又累了：「晚市禁堂食，人人一早排隊買料，街市那牛肉店竟然有近30人排長龍，人擠人，好彩我全副武裝，不怕你這區高危。」

她攤開戰利品，有豆腐、豆卜、牛肉、旺菜、茼蒿、貢丸、黑橋香腸、中芹、蘿蔔、蟹味菇、魚皮餃、醬料……

「今晚做牛肉鍋。」阿茵道：「料買多些，吃不完放雪櫃中下回做藥膳排骨鍋。」

經濟不景，很多人失業，阿豪幸好可以work from home，阿茵的工作不能帶回家，安排一周返工3天，照說見面的時間多了——但不，他還叫她少來。

因為阿豪身處疫區附近，飽受避過檢測來港搵食的「雞、鴨」困擾。還有某幢疫廈多人確診，衞生署仍公佈得曖昧不詳，只靠街坊傳播消息，而全幢強制檢測及送往隔離仍慢三拍。非疫廈居民也人心惶惶。

「我幫阿媽訂了個盆菜送去，他們幾個在家做冬。」阿豪道：「老人家話唔使一齊食，叫我少出街，以免中招。希望疫情減少時團年。」

「但我不樂觀。」阿茵苦笑：「過了冬至再說吧。」

14歲的印度占星師阿南德，最初稱「神童」但大得很快已是「少年」了，他的各項預言都神準，尤其最早宣佈的武肺禍延全球便測中了。

2020年冬至（12月21日），他說木星與土星相合，是800年來罕見天象，這日是全年「大凶日」。災難捲土重來，疫情加劇、經濟崩盤、發生戰爭、疫苗也可能出現問題，是近期數周內的考驗。

「那麼今天我們一起度過這『大凶日』吧。」

阿茵一邊打點，一邊打開他的冰箱看有什麼剩菜和飲品：「咦！你的雪櫃好臭！受不了！」

「砰！」一聲把冰箱的門關上。

阿豪尷尬，急於自辯：「哎呀，只是『東西』塞滿沒有清理，也忘了有些什麼了——如今家家減少出外，都多買菜、肉、外賣，雪櫃都爆棚啦……」

「如果不吃掉就要扔掉，擱久了生細菌，影響耗電，不夠凍，漸漸全部變壞。」阿茵罵他：「雪櫃也要斷捨離。」又道：「真不濟，就換一個新的吧！」

忽聞一下悶哼。

「你哼什麼？我有說錯嗎？」

「我沒哼。」阿豪道：「雪櫃才用了幾年，不該出什麼問題，沒心情收拾。好了好了，我明天一定一定發奮大掃除！」

「一個懶人竟奢言發奮？有沒有聽錯？」阿茵把火鍋弄好，一邊打邊爐一邊聊些困閉中的趣事，緩和氣氛解悶。

「你有沒有看 ViuTV？」

「沒有。連 CCTVB 也沒有，看了更悶。」

「那免費台不是有個《全民造星》嗎？是皇牌節目，雖然冇個識，居然打冧大台，笑死我！」

阿豪道：「有什麼好笑？香港淪落，政府由一個無能嘅廢柴，教十幾個無能嘅廢柴，管治七百萬叻過佢哋嘅香港人，正如大台比不上一個小台。」

阿茵附和：「被制裁沒銀行戶口的，凍結人家的銀行戶口；沒信用卡的，停止人家的信用卡……」

「阿茵，我們這些笑話其實一點也不好笑。」阿豪道：「一年之前，怎會想到香港是非黑白正邪善惡都分不清？」

他又問：「你弟弟能回港嗎？」

「病毒變種，傳播能力高75%。全球31國向英國封關——去不到外國的，還不重手制裁港人出入境自由？再等一陣，他也要回港過年的，到時若檢疫14天加7天『家監』，我搬過來暫住。」阿茵試探。

「到時再說。」

「這個臭雪櫃換了吧，如今天寒地凍，月下貨好平。」

「月下貨」？

想想真是悲哀——現今哪個不是月下貨倉底貨？正如夏天的爐冬天的扇，不到冬天，秋後扇已被遺棄。

別說普通人，一向剛愎自用傲慢不聽民意的政棍，不是都變成condom嗎？

「換雪櫃好麻煩。」阿豪回應：「這一陣不是什麼大凶日大凶月嗎？太歲頭上動土——」

「又不是裝修。」阿茵理直氣壯：「我還沒諗掂……」簡直喧賓奪主。

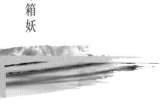

「算了，反正大事勿用，小事也勿用，平安過日。」阿豪道：「我這區最近不平安呢，你盡量少來。」

即使疫情肆虐，好些無良賣淫集團仍不斷安排大陸女子偷渡或循其他方法來港，匿藏油尖旺區酒店及無牌按摩院接客，27名妓女在過去3周內共接客近3,000人……

還有一群來港搵食的「跳舞老師」，流連舞場當大媽富婆舞伴，也當舞鴨。病毒不但傳播至一般舞場甚至上流社會跳舞叫鴨群組，還把病毒帶回自家同業的劏房宿舍，一屋16個床位至少7人中招……

這些沒檢疫或設法豁免隔離人士，只是冰山一角，不知多少充斥市面，在政府張一眼閉一眼的冇掩雞籠中出入。

阿茵不忿：「根本政府就不關心防疫，最好更加嚴重，可以借疫打壓、戒嚴……」

「我順手買了domdom，還有一盒5色口罩，好抵！還有樽除菌除臭香薰噴霧，噴在衣物上的。」她去洗澡了。難道還洗碗嗎？

慘！如此賢良淑德精明能幹，怎麼辦？

後來當阿豪送阿茵出門口時，還是柔聲叮囑：「病毒變種更毒更易感染，你下班後快回家，小心保重。」又道：「獃在家有雪櫃有電餓不死——不似大陸制裁澳洲煤炭，連北京上海廣州都大停電……」

「一停電，等於回到原始時代了。」阿茵笑：「連上網和手機都作廢。」

「為免易中招，近日你還是少來這區，乖！」

「好的。」——真可恥！阿豪這是第3回「刻意地不刻意」，囑她少上來。這是「借疫打發」的高招，反正以疫情作藉口，不想見到某些人經常「出出入入」，還要慈悲地說限聚為了香港好。

與阿茵拍拖4年，相安無事，大家都是職場中層，有學識有理性很匹配——她沒做錯什麼，只是開始侵佔他的生活，和生命。善意而霸道地把他私有化，還憧憬平凡而因循的未來？就像所有的女人一樣。

阿雪就不會如此進取。

——阿雪道：「你是自由的，有得揀的。」

就像打在自己身體的疫苗，有得揀冇得揀……好混亂！

划太遠了。阿雪是誰？

把阿茵送走，他怔怔地面對家中的冰箱。

「冠狀病毒」有辣有唔辣，某些只是流感發病某些卻毒害致命。武肺

冠狀病毒的尖刺（Virus Spike），黏上刺入肺部上皮細胞，衍生繁殖根深蒂固難捨難離，令肺部纖維化，力度一如「婚姻」，同生共死。

某夜床上，他對阿雪慨歎：「我最怕的，是老夫老妻，最後冇乜兩句，就這樣過了一生……」

「妖精永遠不會結婚的，放心。」

2019 至 2020 年，真難過；2020 至 2021 年更難過吧？

在此之前，阿豪仍是職場上一匹 fit 馬，深得上司器重。

他印象中最後一次旅行，就是與大學同學和台灣友人相約，到台北觀戰：2020.1.11 總統大選，盡興而回。之後，便計劃到日本東京公幹，參觀幾個科技和食品展覽，聯繫奧運商機……

誰知疫情把東京奧運征服了，原訂 7 月舉行，但全球憂疑冷待，運動員也擔心不安全，所以推遲一年，官方公佈：「不管有沒有病毒，2021 年

7月23日開幕的，將成為征服病毒的奧運！」

自此，大家再沒有出門到各國旅遊公幹散心增值的機會了，都是宅男宅女宅情侶宅夫妻，厭煩磨擦日生，不少人鬧分手鬧離婚……

阿豪在公司裁員、減薪、wfh等消息傳出後，情緒更加低落，只覺眼前一片白茫茫。他喝了一罐又一罐啤酒，自言自語：「我做錯了什麼？香港人做錯了什麼？自由！你是什麼？難道我們長此受困於一個沒有自由沒有法治，日日秋後算帳的紅色地獄？」

這些喪氣的話，總不能對父母弟妹和女友傾訴的。

「對呀，於事無補，又唔夠man！」有人回應他。在迷惘昏眩中，他聽見這溫柔體己的甜嗓子。

眯着醉眼，企圖細尋聲源。四下無人——

他一下用力打開冰箱的門，喝問：「是誰？出來？我連鬼也不怕！」

聲音從他身後發出：「我在你沮喪地喝酒時，已經出來了。」女子又道：「我不是鬼，只是個修煉中的妖吧——我修煉人性，修煉愛情，也修煉色慾……」

「真是大想頭了！」

「你何嘗不是？」她看穿了：「你一直希望到歐美多讀個學位，自由自在走遍全世界，眼界大開，增廣見識，玩……」她笑：「這不是大想頭，只是不甘心！」

她是妖精？阿豪細看眼前這個白皙到近乎透明的女子，冷艷又迷人。他揶揄：「漂亮得不合情理，有冇P圖喋？」

「當然有。」

「你也要P圖？」阿豪笑：「身為妖精當然勝過所有女人啦——」

她道：「P圖是在虛幻中加以美化，當我在你心中P圖時，根據你所喜愛，把瑕疵遮掩，把優點放大，改造得更好。」

「算了，很多女人P圖弄巧反拙，個個倒模的V煞。」阿豪討好地：「你根本不需要改造。」

「我隨你意思修改，不過為了討你歡心——想你中招！」

「那我中招了，還慘過中武肺。」阿豪輕佻地擁之入懷：「你有姓名嗎？」

「我沒有姓。你可以喚我阿雪——別喚錯了阿茵。」

阿豪笑而不答。

「你喜歡此刻的我就夠了。」她也知機。

阿雪向他吹了口氣，冷冷的，打了個寒顫，但很刺激，反更熱情。她每一根髮梢都散發不可抗拒的妖精的催情香氛，令人迷失，明知是個陷阱，也會跳進去——世上所有男人均如此自圓其說。

他不但「有得揀」，還「不用dom dom」，真刀真槍最大歡愉，根本無後顧之憂。

「我不想要孩子。」阿豪曾對女友阿茵坦白：「我不希望下一代活在這樣荒謬倒退的洗腦社會，變成一個個紅小兵，或者痛苦的抗爭兒——」他最恨的，是極權下不但校長、教師要效忠表態，最後連家長、學生也得宣誓才有一席學位。

當時阿茵沒有回應。女人，當然想要孩子，人生才圓滿——但十畫都未有一撇，今天就如昨天般過吧。

阿雪給他的，遠遠超過任何女人。

在妖精面前，他也不裝了，男人也會軟弱、失望、沮喪……瞧不起自己。她會充當撫慰心靈的聆聽者——而且並非如影隨形般惹嫌。

「你打開雪櫃門，我才出來。」阿雪道：「只要香港不突發性大停電，

『節能減排』，我一定存在。」

打開門可召喚，關上門就各不相干，哪管四季？「自由」最珍貴。

——但妖精也有失手的……

就這樣，一人一妖過了一段雖是「呼之則來揮之則去」的日子，但自由性愛，貼心取暖，並非單方面的。

從前，家家都有冰箱，夏天使用為多，時刻都把門開了又關，關了又開。只是在不斷填補飲食，儲糧宅煮的瘟疫蔓延期，一波二波三波四波……這一年來，同冰箱的關係更密切，也對之更倚重，四季缺不了。

阿豪對這「禮物」甘之如飴，迷戀日深卻不必負責，沒有後果，巴不得悄悄享受着紅顏知己，帶來另類刺激，是女友阿茵所無，也辦不到。

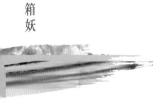

有時阿豪會説夢：「人人看不到前景，沒有明天，只有今天——但我也夢想走出去，我比較喜歡歐洲，也唸過一點法文，如果可以自由在英法

多讀一個學位，找一展所長的工作……移民、遊學、公幹，好悶啊！讓我逃出生天！重寫人生！」

人比妖高級，但也比妖鬱悶——她讓他沉溺色慾，卻無法打破困局、窘境。只問：

「到時，你同誰一起？」

再問：「帶我去嗎？」

這一問再問，阿雪心知不妙，她不但「失手」了，且「中招」的不是對方，而是自己。

只怪道行未夠，心未成冰。

阿豪不回答，也許不是迴避，而是沒有想法，更怕稍一不慎更添負擔。男人總是這樣，不到「關頭」，就虛應蒙混過去。

他改變話題，還很有興趣：「你有多大？」

阿雪沉吟：「唔——大約40多年。」

「啊那麼年輕？」阿豪取笑：「不是有傳說，任何器物擱那兒100年，才可成為妖精嗎？」

「那是日本的《付喪神》傳說——現在科技發達，器物也頻出新款式，不講求耐用，連成妖的速度也加快了。」她又道：「像冰箱，人們稱雪櫃、霜櫃、冰櫥、冷藏庫、冷凍機……1920年代出現時很神奇，世人震驚，其實也只不過是100年左右的歷史而已，妖精卻已衍生了幾代。」

「原來阿雪是隻初級見習妖！」

阿雪閃過妖精獨有的一絲冷傲，瞬即回復微笑：「不要緊，我會努力的！」

「初級、見習，才是值得紀念的吧。」阿豪道：「不過不流行了，因為如今急速成長，急速衰落。」

「啊，我還沒這資格。」

「誰最有資格？」阿豪道：「我你他都沒有。看中國大陸的馬雲，風起雲湧蜚聲國際，是首富也是『巨人』，人人視阿里巴巴為『馬爸爸』，頂級電影明星為他抬轎，好扮演不可征服的功夫大師——但他被政治征服了，在猛烈打壓下，『螞蟻』成為過街老鼠吸血鬼，願獻所有以求保命……」

還有貴州茅台向政府送價值千億的股份；還有乖巧的騰訊；還有識做的富豪大戶大腕……都得向黨奉獻。

「所以，我們這些沒資格的，活在黑暗中的香港人，搞什麼一年大事回顧？2021 新年又來了？×！」

活在當下的阿豪用力把阿雪扯上床，只能發洩在當下。

阿雪自恃可以努力，不讓誤動真情自傷身，她潛心修煉，積極吸收，累積心得……希望終有一日變成「人」，而不是被人征服，他說到馬雲，她更懂得「神馬都是浮雲」，不值一提，自我安慰。

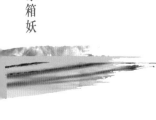

激情性愛過後那天早上，阿豪查了查手機短訊，然後去覆公司電郵，忙着，把她扔在一邊，沒讓進入他的生活中。自顧自慨歎：「侵侵身邊那麼多鬼！那麼多親信背叛和出賣他！真想不到！」手機響了，他跟對方聊到此事：「侵侵死不認輸，真硬淨！只要有機會重點選票，一定大翻身……」不知對方回應，阿豪又道：「是的——不甘心——我們學到兩三成也夠用——你和阿Jack有消息再通知我。」

冰箱再冷，妖精再冷，一步一步接近成「人」，無奈她也有七情六慾。就是那天，阿豪手機訊號響了，他看了看，隨意告訴她：「阿茵今晚上來做冬，打邊爐。」

什麼意思？肅靜迴避？阿雪按捺不了不知何時萌生的一點醋意，一聲不響消失了。雪櫃門「砰！」的關上。

他抬抬眼：「咦？幹麼？」

他沒再問，也不跟進。

阿豪也許不算情場高手，但似乎沒挫敗過，總是佔點上風。有些男人長得像王宗堯，有些像陳豪，有些像姜濤，有些像陳同佳……各有市場各有所好。

阿豪不是陳豪，與老婆恩愛，修心養性四年抱三。他交過好幾個女友，勝在沒多話，感情的事，來了就來了，去了就去了：有就有、沒有就沒有；合就合、分就分——這不是「瀟灑」而是無法勉強，當然也可說「自私」，不過感情向來自私，決非雷鋒式「利他」，或林鄭式徒具軀殼，伴侶靈魂早已逃遁，甚至無言無語，同一屋簷下兩隻殭屍一樣，被陪葬的大量鈔票堆埋，是雙方的痛苦。

「如我是白襪仔，為民除害或另覓新生，又有何難？」

阿豪從不狠心撇女，沒到翻臉的地步。而且現今世人還用面談？都是facebook 或 WhatsApp 給分手的：明嘅！

經過這動盪兩年，不少人慾望和期待偏低，「在香港不是求生活，而是求生存」？阿豪抖擻一下，好！過了今年最後幾天，必須「的」起心肝改過自新。

所以沒工夫猜測女人心。不管是妖精還是人，緊張、妒忌、不安、「不甘心」——是她們吃醋的動力，也是死穴。終究枉然。

冰箱的門被大力「砰！」的關上後，在 wfh 的上午，寂靜得磨人的氛圍，阿豪手機響了，做冬之後，阿茵來問：「記得心心餐廳嗎？」

「心心——」

「就是我們第一次約會吃聖誕大餐那間。」

「當然記得。」阿豪忙不迭回應。又道：「聖誕過去了，疫情下沒有聖誕大餐，而且可能是香港最後一個『聖誕』——因為以後只能過十二月廿六日的『毛誕』。」

「心心頂不住，要結業了。」阿茵道：「我們去吃個除夕午餐吧。客人湧至，我訂了位，下午4到6點，之後他們就關門了……」

香港全年已有二千多間食肆結業，過千間瀕死，也許捱不到農曆年了。

「你一定一定要來，不見不散！」

——阿豪趕到心心餐廳時，阿茵已到了。

「我早知這 last day 肯定多人，所以訂了4到6點，預計得4點半後才有位。」又道：「他們再不願走也得把位子騰出來呀，我是街坊。」

阿豪忽記起他們第一次約會，4年前，市面多熱鬧，人擠人，不夜天。為了遷就阿茵，便約在她家居附近的心心，免得到處找位子——所謂聖誕大餐，也不過是在人海中找到個位，相對而坐，吃些不怎麼樣的菜式，主要是談情，和送禮物，和發展一段關係。

在餐廳外面排隊的客人也有近20人。人家結業了才來珍惜。

「人龍怎及日前王宗堯籌律師費當黃店『一日店長』墟冚？我買個豬扒飯也排了個半鐘。」

之後也接不上什麼話題。阿豪把剛才買的禮物遞給她：「看，這是日本名店的手作蛋卷，店要撤出了，所以『香港限定』，有抹茶、焙茶、玄米茶、黑烏龍4款口味。還有這罐抹茶粉，你可以用來做蛋糕和麵包。鍾意嗎？」

「鍾意！」她望定他：「我真的好鍾意！」

之後，平日擅於聊天沒話找話說的阿茵，有一刹那沉默，等位真悶！

她毅然把袋中的禮物掏出來：「你也有禮物啊！新年進步！」

「是什麼？」

「別拆，元旦才打開——是個即使我不在，有陽光就有祝福的禮物。」

阿茵笑笑，沒說下去。

終於坐定了，除夕套餐，都是那些食物了，不用費心。

她告訴他：「我們想過了，叫弟弟別回來，過什麼年？疫情太嚴重，他還有一年多才畢業，一動不如一靜，在英國捱一陣——反而是我們想過去，去了就不回頭了。如果阿爸在生一定不肯走，不過阿媽說我話點就點……」

「到時再說。」

阿茵想起她曾有過「搬你家暫住」之試探，他亦支吾以對唔嗲唔吊。

阿茵性子強，了然於胸。

——何況那晚，她打開冰箱時，竟然見到……

一塊未用的美白面膜！

它上面有宣傳句子：「雪膚、花貌、冰肌……」之類，一下子吃驚了。這是另一個女人的！

不知所措，彷彿見到自己比不上的「雪膚花貌冰肌」，挑釁的微笑。

阿茵工作多年在職場打滾，女強人或小女人，因時制宜。當晚，阿茵勉定心神，不動聲色地道：「咦，你的雪櫃好臭！受不了！」

阿豪沒有反應，也沒有過來一瞧——否則她就發難了。她只能「砰！」一聲把冰箱的門關上。

及後，又表示「雪櫃不濟，斷捨離，就換一個新的」……但二人始終沒有面對面正視這不速之客不速之物。

冰箱不是「好臭」，是「好酸」。是另一女人示威？不小心遺下的？

阿豪故意逼她接受？是女人的心計？男人的手段？

「但，一定有別的女人。」阿茵心忖：「難怪上回見到床枕間有根長髮。」當時不以為然，以為是自己把頭髮修短前的遺物——原來是人家的遺物，正如「禿子頭子的虱子，明擺着」，藏不住。

這幾天失眠，是阿茵的抉擇。

她看過娛樂報導片段，與郭藹明相愛廿多年的劉青雲曾說：「望了她第一眼，就無法不再望第二眼……」——因為愛，相看兩不厭。沒時間變壞，沒機會變壞，所有愛情都值得珍惜，但疫情的困閉無聊「空檔」，人生、事業、感情、去留，都有矛盾，經不起考驗。愛得不夠，裝不下去。

說白了：「我打開雪櫃，見到一塊不屬於我的面膜，真好笑，還失控到把門大力關上——現在我想通了，沒什麼大不了。」

對面的阿豪聞言，心念電轉，張口結舌，不知如何應對？面膜？妖精安排的面膜？不着一字……

5點多，已到6時的限令，侍應要求埋單：「先生，今天結業了，不收卡。」

阿豪忙掏出鈔票，一邊問阿茵：「你——什麼意思呢？」

「哪有什麼意思？就是分手吧！我先走了。」頭也不回。

2020是全世界最難過又難忘的一個「歹年」。

台灣有俗語：「歹年冬，厚痟人」，指年頭不好收成差，發生飢荒，百姓都餓得瘋了，不但精神出問題，還產生幻覺，心理異常，行為更加變態、混亂，令人意想不到：國之將滅，必有妖孽——原來民間也一樣。

「被分手」後的阿豪，大街大巷，也不想丟人，喊回或追回阿茵的成功率低，而且長他人志氣，滅自己威風。雖然在鬧區，但6、7點之後，限聚令限食令的蹂躪，市面十分冷清，軍警反而比路人多，侍權驅散開罰單，即使尖東海傍稍見人氣，也不過幾百人倒數，沒烟花沒發自內心的期許和歡樂，如何迎接新的一年？光是滿城盡鷹犬，已破壞了氣氛心情。

阿豪放空自己閑逛了一陣，有時迎面而來的陌生人會向他道：「Happy New Year！」，他也微笑回應：「大家身體健康！」對方又加碼：「好人一生平安！」——就算不快樂，也得保健保平安，還有保本保命保自由……

阿豪回家了，中、台說是「霸王寒流」，香港也冷得只幾度。他開了暖氣，把阿茵的禮物拆開，這是一個「星空球燈」，放在書桌上電腦旁，悶時一看，小太空變幻星光令人神馳，加強正能量——而它的正能量來自太陽，日間吸收太陽光轉換能源給電池充電，晚上會自動發亮（日照6小時放電8小時）……

阿豪細看燈座，有7個字。阿雪不知何時已出來了，倚在他身邊，散發迷惑的香氣，唸着：

「人生若只如初見」……

阿豪沉吟：「人生若只如初見？我中文不好，忘了。不要緊，上網。」

「不用查，我知道。」妖精果然厲害：「這是康熙皇帝跟前的紅人，納蘭性德所寫——人生相遇，若永遠保留初初見面時的美妙甜蜜，該多好！」

阿豪也查到了，「人生若只如初見，何事秋風悲畫扇。等閑變卻故人心，卻道故人心易變……」

人生就與歲月捆綁，最初最美的印象，難忘但難留，人人都當過秋後扇。也有矢志不渝，日日如昔——不過為數不多，大概 0.01% 吧？

這個星空球燈，人是無能為力的，靠外力，靠太陽，靠你記得放在窗下陽光中。

阿雪撫慰：「眼前歡娛，高床軟枕，不是很好嗎？我，就可以讓你天天如初見——妖精只有過去，只有現在，沒有未來。」

「未來？明天起，2021迎來倒閉潮、裁員潮、冤獄潮、流亡潮、移民潮……」

全球逾億人染疫，數百萬人死亡，中國大陸的死亡數字卻無實數，近日也嚴重失控……苛政猛於虎？苛政猛於疫！世無淨土，人們如何逃過張牙舞爪的極權統治？

阿雪在融融暖氣中，細語漸緩節奏漸慢：「但——香港人——加油——」

妖精更不懂的，是「香港人加油」已是禁語。人妖殊途，雙方很難交流有點煩。阿豪道：「你來自冰冷的地方，太暖了難受嗎？」

「不要緊，我回去叉電就好了。」

「那你回去吧。」

阿雪頑皮道：「我跪安了，臣妾告退。」果然善解人意。

阿豪若無其事道：「你的面膜別亂放。」

「什麼面膜？我天生麗質，從來不用的，不需要。」一臉無辜小可憐……

阿雪還先發制人：

「是你其他女友留下來，惹我妒忌吧？」

又笑道：「妖精怎會妒忌？在修煉中呢。」

——潛意識出賣了這初級見習妖吧。也許你心知肚明，心照不宣。

阿豪裝作不覺：「那沒什麼了。」

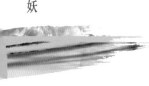

阿雪走進冰箱前，回過頭來一笑：「我只是溫柔地給你啟發，不算洗腦，花開堪折直須折，又不是要拆散重組，多吃力！」饒有深意：「順民

比暴民輕鬆——看，我是不是一天比一天接近『人』？」

阿豪哄她：「累了，大家好好休息，迎接新年。」

「我『生是你家櫃，死是你家鬼』，別失去我——你失去不起的。」

「當然。」阿豪道：「再見！」

他在眼角餘光，窺得阿雪那冷艷又純真的複雜臉兒，閃過一絲陰險。

什麼「失去不起」？還有什麼是失去不起的？香港人就失去香港了！

他怎能沉溺貪歡，hea 着做人？

試看女友阿茵氣下了沒有？WhatsApp 發過去，不靈！咦？不是有報導：2021 年 1 月 1 日起，WhatsApp 會停止提供部份舊型手機的服務嗎？世人依賴至深不能自拔的通訊軟件，説停就停？沒理由，阿茵用的是新型號。他再發過去，才知被「封鎖」了。

真反諷，阿豪以為利用 facebook 或 WhatsApp 分手，不必尷尬——但阿茵就情願面談，頭也不回，還把他封鎖了，乾淨俐落。可見先下手為強，他輸了。

「日本的年度代表字是『密』；台灣的是『疫』；美國是『抗』……只有大陸的『民』和香港建制奴才的『安』自欺欺人。」他心忖：「我的年度代表字，難道是『分』？」

有合必有分，「分」是「八刀」，要狠！當下心中有數。

他望定冰箱，反覆思量，終倒頭大睡，養精蓄銳。

之後，開始了他的陰謀……

又一天了。

再難過的日子也會過去——過去了，總得給自己一點希望。外頭雖嚴寒，比起中國大陸大小城鄉冰天雪地缺煤缺電缺水，還被政府人員「砸爐砸灶」雪中奪炭雪上加霜，稍好一些，起碼你可以自費開暖氣，而非自生

自滅自成凍死骨……

好歹也有太陽。

窗下星空球燈盡情吸收陽光。阿豪隨手放暗角一瞧，果然亮了——但非大亮，太陽能仍不足，但這小小的科技玩意才是「養精蓄銳」。

阿豪一躍而起，快速出門辦事去。先在外頭打了幾通電話，之後上新公司處取了些東西（後數）。這這那那塞滿背包，才省得還沒吃飯。

「先生，你得趕快，6點前要走人。也沒什麼可以挑揀了。」

「那麼，隨便要個涼瓜排骨飯吧。」

好「隨便」的填飽肚子的口糧——忽聯想阿茵，她說，下回給他弄藥膳排骨，台式的，暖胃……

涼瓜沒做好，苦得很。

到了失去、封鎖、決絕，甚至日後分隔兩地，才知珍惜？所有渣男都如此自責，又有什麼用？

——不過，要做的還是要做，但憑意志堅定「有道氣」，才以氣場取勝，許勝不許敗，否則萬劫不復。驀地覺得似特朗普，正邪大戰，無回頭之路。就在這「黃道吉日」，既已想通，馬上做，揀日不如撞日，免夜長夢多。

在工具包中取出封箱膠紙，它有超強黏力，不易拉斷，打包結實。還有「防水、防刮、防髒、防跌、超強拉伸、耐穿刺、全方位保護」的捆箱膠膜，搬運師傅俗稱「保鮮紙」……

何以取得此等神物？因為上回與在逆境中求自力更生的好友，肥侵（他故意改這花名自勉的，堅信王者歸來）和阿Jack，認清形勢，食住移民裝箱搬運至落腳處條水，合力開家一條龍服務公司，籌備得不錯，網上也開始接洽。兄弟班，除了互信也只有互信——誰不是在逆境中？誰甘願唔嗲唔吊？

面對這妖冶迷惑的冰箱，好！動手了！

阿豪「勉定心神，不動聲色」——正如阿茵早前也在面對措手不及的「被侵佔感」時，就這八個字。

正如所有香港人苦熬過去一兩年暴戾的打壓和莫測的疫情時，無力反抗，只得深呼吸一下，靠自己。

先把冰箱輕輕移動過來，拔了電源，斷了供應。然後用那黏力超強的封箱膠紙將上下格兩門把捆了一圈又一圈，確定不能再打開了，才開始第二步。

此時，也許裏頭已有警覺，因為冷度不足，遍體不適，一下下自內傳出的拍門聲：「放我！放我！」

夾着悶哼：「我是冤枉的……」

最初尚有點悽厲，奮力掙扎，漸漸一下比一下微弱……

阿豪沉默堅持他的「工程」。對弱質女流而言也許吃力，但他孔武有力的男子，難道封個冰箱也辦不了？

扯開「全方位保護」的捆箱膠膜，從頭到腳自頂至踵，把冰箱一層一層一圈一圈重重疊疊，結結實實的封起來。

一如中國大陸病毒變種後回流，嚴重失控，受苦的老百姓被封門、封樓、封街、封村、封區、封城、封省……鎖國，大小城鄉都有掙扎反抗，村長受命「下死令」廣播：「誰出去打死他！」……

封封封——原來專心致志埋頭苦幹，是聽不到任何聲音的。

終於這小型冰箱變成個巨型的密繭，誰也不能破繭羽化，修不成正果——這不是她的厄運，只是他的覺悟。沒假手於人，也不輕率洩密，人多口雜，不如一人惹禍一人傷，一人做事一人當。

門鈴響了。阿豪回到現實中，原來約了阿Jack。

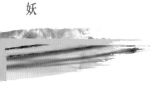

「喂，政府規管『四電一腦』產品，你換雪櫃，供應商和銷售商送貨時，免費上門回收的，他們會送交下游循環再造，或轉廢為材，何須自己動手？」阿Jack帶了手推板車。

「這雪櫃漏電，不但不夠凍還會被電親，捐出去或者再造都會害人，不如扔到冇雷公咁遠……」

一般小市民日出而作日入而息，又或公司倒閉失業賦閑，都不清楚家中廢置的「四電一腦」（冷氣機、冰箱、洗衣機、電視機、電腦、打印機、掃描器、顯示器等）下場如何？

最普遍是法定免費除舊服務，買新貨時，由銷售商上門移走一件同類的舊電器。也有回收熱線、綠在區區、回收車、捐贈服務——只有阿豪，心知他的冰箱別具內涵「不同凡響」，非得親手處決。

阿Jack幫他把冰箱推送至小型貨車，一邊還道：「咦？你的冰箱有點重。」

阿豪道：「被它電親，所以全部扔棄，怕沒命。」又把一大張貼紙黏貼在上，警告各方：「漏電　危險　銷毀」，以策萬全。

目前全港18區約有廿多個回收站，阿豪駕着車，穿逡以前沒到過的地區，挑選荒涼少人到又積存不少廢物的站頭，才放心扔掉。

「哈，真像歹徒找地方『棄屍』——但，其實我們才是受害者。」

沒捨正就邪醉生夢死西宮壓倒東宮，全靠「被分手」的刺激頓悟。也全靠一張面膜逼宮的詭異。

功德圓滿後，回家已是黃昏，新的冰箱也在6點後送至。送貨員問：「不用我們扔舊雪櫃嗎？」

「不用了。」阿豪笑：「解決了。」

插電後得靜待數小時。趁此時段阿豪到附近日式百貨公司超市掃貨充實之。

手推車隨意推行，一路上，他開始推理：「如此迅速、決絕，中間有沒有疑點？」

——當然有。

人性有陰暗面：3個人起碼有6個面，或更多。看政圈之反覆鬥爭，看侵侵背水一戰，假新聞滿天飛，背叛出賣者眾，群魔亂舞，便知每個人不但戴口罩，還敷了張隱形面膜。

各式各樣的面膜，含有巧立名目的珍貴成份和營養素，具美白緊緻保濕滋潤亮采回春功效，不外乎「美化」，但也是工具。

究竟，那關鍵的面膜有沒有出現過？

究竟，阿茵打開冰箱時，有沒有見過那不屬於「女主人」的美白面膜？

可能有——那麼就是阿雪的示威逼宮妖術了。

但，也可能沒有，是阿茵兵行險着——女人心思細密瞞不了，而且身體最誠實，男人有了新歡，交貨不足，不一樣就是不一樣。於是阿茵先發制人，製造口實，以「證物」指控，男人心虛，自是氣短，欲辯無辭。

或者，可能，難道只是幻覺，從頭到尾都沒有面膜，只有妒恨？說是「陰暗面」？言重了，「利用」而已。

至於冰箱妖，雖非資深，但功力日進，施展離間手段有何不可？阿雪雪膚花貌冰肌，根本不需要敷什麼面膜，但女人用品令對手起疑，就妙用無窮了。

反過來說，阿雪是冤枉的，正如她悽厲地抗爭，他卻硬着心腸，依自己分析判斷，一刀兩斷，永不超生。及早省悟即使過份了，好過被蒙蔽，悔之已晚——看，精明幹練又盛氣凌人的特朗普，到頭來不是被他倚重，並肩同行的副總統彭斯出賣了？跌了重重一跤？

什麼正邪大戰？為公義奮鬥？今天也不知道明天。

夏去秋來冬至，自由自主俱往矣……

香港最後一回區選，60多萬人中，有不少「阿豪」和「阿茵」，不分年齡身份智愚美醜，平凡的他和平凡的她，相濡以沫度平凡的一生？抑或不甘淪落亂世求存求上進？這，沒有衝突呀。

「算計別人，不如也檢視一下自己。」阿豪難以入睡，累極眼花，才悟：「也許阿雪從沒出現過？」

——只是一場綺夢……

人愈想，心中愈有的事，就會在措手不及之際幻化出現了。

不止疑心生暗鬼，也會疑心生艷遇的——都有化身來試煉。看那些不信政府，沒有將來，失去希望的年輕人，無聊又專注地天天打機，例如《試煉之塔》，一層一層打上去，15層20層25層，也不過迷惑着殺時間……

但人妖都渴望過關。

難道真是思覺失調精神分裂？世上沒有阿雪，來自冰箱的妖精是他想像和培植，以滿足私慾？

阿豪失笑了。曾與阿茵揶揄：「中國大陸沒什麼好電影，題材重複沉悶，因為廣電總局那20道禁令。」不但盜墓、甜蜜愛情、穿越、早戀、壞警察、同性戀（最好轉化為友情）、歷史人物……等不能拍，也不相信世上有鬼。

「一有妖魔鬼怪題材，末了必是發夢、發神經、被催眠、被騙、炒作……一切都是幻覺！」

世無「幸福」可言，「快樂」只靠知足。銷毀幻覺，回到現實，明天就去哄回阿茵吧。這不是惡法，也沒有追溯期。改過自新，從頭開始，若只如初見——某些關係比尊嚴重要些，就扮矮仔認低威，把她哄回來又有何難？感情沒所謂輸贏，只看愛不愛。妒恨、不滿、分手、封鎖、決絕……

都是姿態。除非她識咗第二個。

2021年1月初李香琴去世了，88歲，笑喪。他們少看「一代奸妃」，但總記得「唔使驚，嫲嫲響大廳」的電視劇。

她2007年在關淑怡主唱的《三千年前》一段獨白，感人甚深，是關於離別與遺忘的：「再見！唔好怪我第一句就同你講再見，因為我真係專程嚟同你道別嘅……」

他知她返週一三五，到公司樓下等，想問她聽過沒有……

「我要走喇，如果你記得返我係邊個，一定會好唔捨得我，仲會好掛住我㗎！再見！」

這個話題不但貼地，也默喻了彼此的珍惜和不捨。凡俗日子，世界安靜，日落無聲，家常閑話，喜怒哀樂……到了最後，便互相道別。

——就這樣過了一生。

阿茵下班，在門口驀見等候她的阿豪。
她很不爭氣地眼圈一紅。在等你好多天呢，真氣死人！
來的那麼遲……

人面瘡

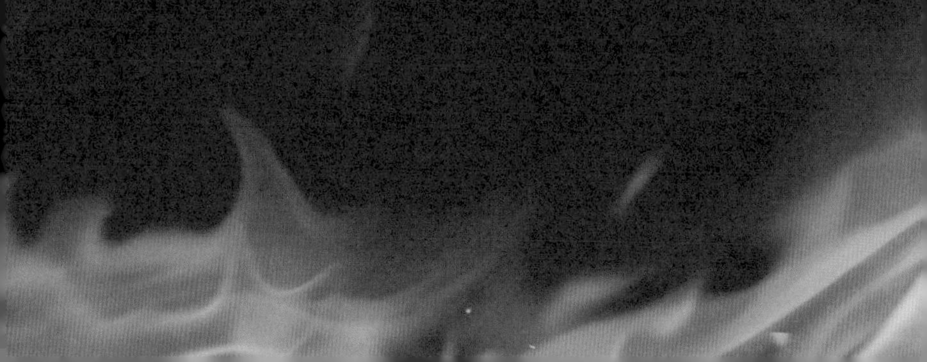

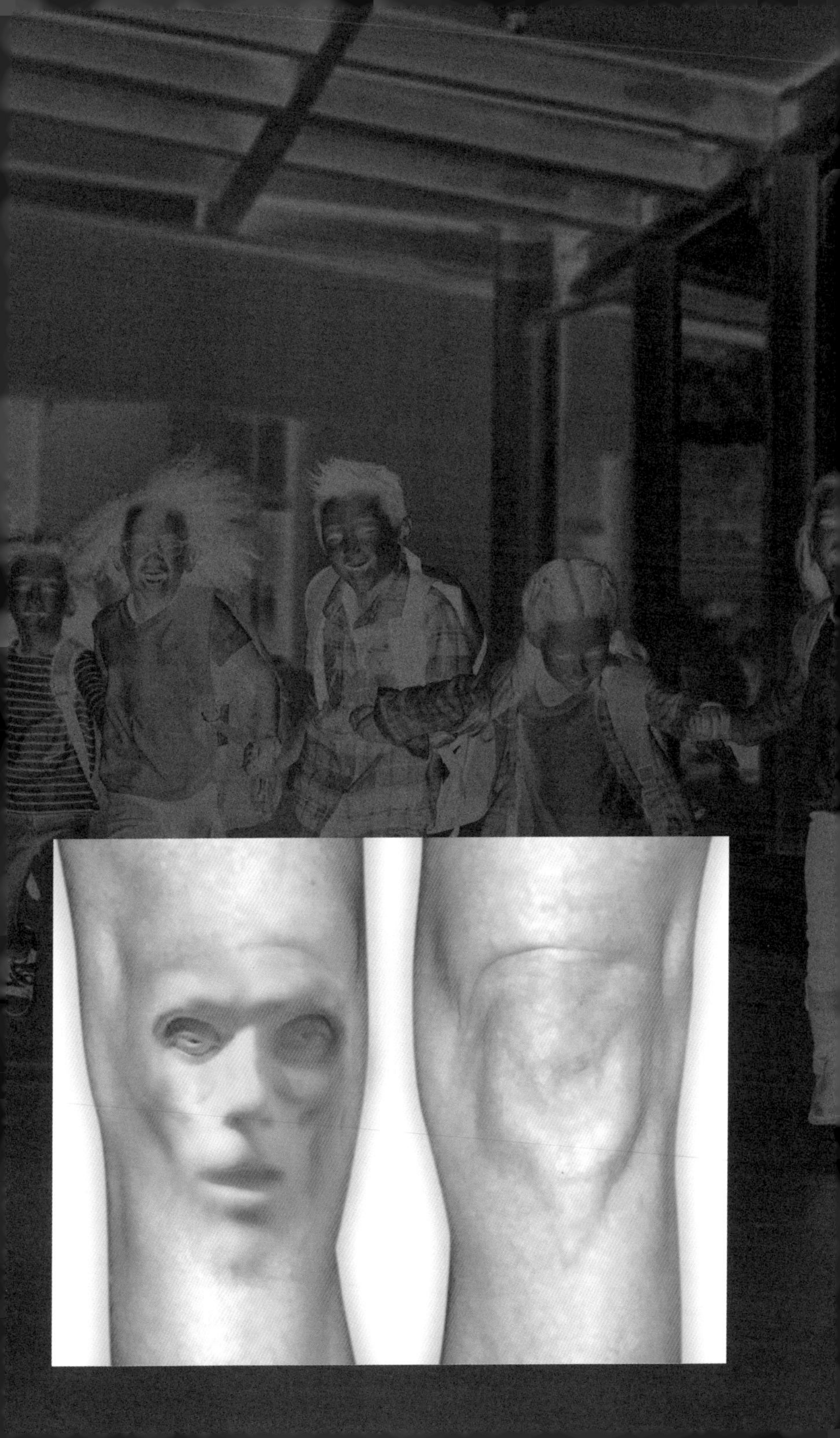

連志平對醫生道：「最初只是一顆細小的紅點，像疣也像小粒粒，不痛不癢，而且長在膝蓋上，平日褲子遮掩，工作又忙，都忘記了……」

——但它不忘提醒他。

醫生細察這小瘡，皺眉。

連志平訴說病狀：「前晚睡到半夜，一陣奇癢，從皮膚底下開始蔓延，真是無法忍受了，所以抓撓了一陣，過一會正想繼續睡覺，又痛起來，只得起牀開燈，驚見這小顆粒變大了。」

醫生見病人恐怖的神情，聲音也帶顫抖，他很明白。一般正常人遇上這情狀亦難接受。

「它不但變大，又紅又腫，又癢又痛，而且——真嚇人！這奇怪的瘡，竟然現出模糊的人面……看，還有五官，眼耳口鼻……」

目前還只若隱若現，看不清晰，不過應是一天比一天更加象形了。不知醫生能否控制？治療是否奏效？病人忐忑不安，大半生都沒遇過。

「本來馬上要見醫生的。」連志平道：「但這兩天很多會要開，挺傷神的，會不會精神緊張，荷爾蒙失調，所以產生怪病？」

「荷爾蒙失調，令身體失衡起變化，多是功能受損，男性而言是陽萎、睾丸造精功能受影響、肌肉萎縮等，女性甚至不孕、流產、乳房病變……不過你這情形罕見，心理影響生理，卻在皮膚顯現。」

醫生檢查他的脖子，沒發現變粗或是有腫塊、硬塊，亦無不舉之徵，只是腳有點抖，心驚時會站不穩，他緊張追問：

「把它切割掉，可行嗎？我怕終有一日它真的變了個人面！」

「你說對了。」醫生莊嚴肅穆不似開玩笑：「真的會。」又道：「它不是血管痣，也不是增生瘤，確實成因不明，即使激光、冷凍這些治療法，甚至手術切除，都是暫時的，危險在於有機會大量流血，增加感染風險，影響行動……而且仍會再『鑽出來』。科學上難以解釋。」

「什麼？它有生命？」

「連校長，你生的是『人面瘡』。」

聽得「人面瘡」，心底的恐懼令連志平不寒而慄，這「東西」終會長成一張人臉，但醫生目前只能把它目作惡毒大瘡處理，從表面的膿頭、丘疹、凸起物、衍生物，都不知皮膚底層發炎或感染狀況。

「要觀後效。」醫生給開了止癢、止痛的紓緩藥，口服之外還有清洗藥膏。沒用類固醇，副作用多，而且可能令情況惡化……醫生先這樣打發他。道：「抗生素療程需時一至三個月不定，最強當然是A酸，覆診時考量。」

是「打發」。因為這些藥物都不大管用。

連志平的怪瘡不可告人，只得老婆知道，連太認為應找中醫：「據説是自古傳來的怪病，多生於膝部或手肘關節，人面瘡會長大，若五官齊全就來不及了。」

見了老婆多方查探的中醫師，說是「神醫」。神醫仔細檢視，給他開了貝母研末和水敷灌。

「這貝母即川貝母，雖名『貝』，與海產無關，乃百合科草本植物，又名『白珍珠』，對散結、消腫、化癰疽等有奇效。」

敷後感覺清涼，痛癢減少。

「但這是治標不治本。」神醫語重心長：「我見患上人面瘡者，都有前因後果，積冤讟，緒不寧，不說太玄了，須清心、涼肝腎、疏散辛熱，才去陰暗，復光明、得平安。」

這夜，連志平靜思，他們實在憂思鬱結坐立不安。

不止他連校長，那些小學中學的李校長、章校長、黃校長、阮校長……個個都有難言之隱，都出現了人面瘡。

——因為近日，一家名校小學老師，被教育局指稱有計劃有預謀製作教材「散播港獨信息」，全無警告，也不接受校方「無問題」之調查報告，取消教師註冊，終生不能教學甚至踏足校園……令教育界震驚的，不是一張「工作紙」以言入罪釘牌，而是教育文革已經禍臨，而且陸續有來。

校長、教師、家長、校友、學生……人人自危。

其實，那恃權位施壓力的獻媚局長，何嘗不自危？

——他膝蓋的人面瘡，已經長出牙齒了。

梁琛教育局局長竭盡全力保守下半身這個秘密。

他有政治任務：掌教育長鞭尚方寶劍，整頓整治不聽話的校長、教師、學生。

雖然他的子女讀國際學校，且已移民當外國人，但他戀棧薪優高職：

「年薪四百萬還有各種津貼、福利、報銷項目……以我資質往哪找的筍工？」怎捨得揚長而去？所以盡忠職守向人家的子女下手。

連校長除與本校教師家長校友開會外，也得與業界共商。慨歎：「教局因一堂討論一張工作紙就把有熱誠、關心學生、受歡迎的好老師釘牌，殺一儆百？前所未有！」

但以後是否什麼也不能教？自我審查？生活教育科目堂堂自修？噤若寒蟬？

「法官、醫護、社工、傳媒……現在輪到我們了。」

——掌權者怕的不止是老師，更是能獨立思考、分析、表達、明辨是非追求公義的孩子。

各校長回去，還得交檢討報告及未來課程內容摘要給局長。

還得看醫生。為什麼是人面瘡呢？難道是交叉感染？天譴？考驗？警示？抑或只是離奇病毒一不小心中招？

梁琛膝蓋上的怪瘡比其他校長「優秀」多了。

那人面已發展神速，不但五官生成現形，還長出牙齒，會吃飯、說話、訓斥。眼神陰邪，雖依附主體，漸漸反成了主人。

人面瘡凌駕之：「重現偉大的改革，有三大指引：（一）檢舉出賣；（二）嚴厲批鬥；（三）趕盡殺絕。」

梁琛彎腰俯首，向膝蓋的人面瘡聽令——否則它會咬牙切齒，格格作響，還發出惡臭，折騰得死去活來。

連校長58了，過不了自己良知一關，決定提早退休，就圖「人面不知何處去，桃花依舊笑春風」，輕快放空。

衣服、身體、住所髒了可以水洗，良心髒了，哪來三昧法水？梁琛無法解脫，以後便與喧賓奪主的人面瘡共存亡了。

蜥蜴

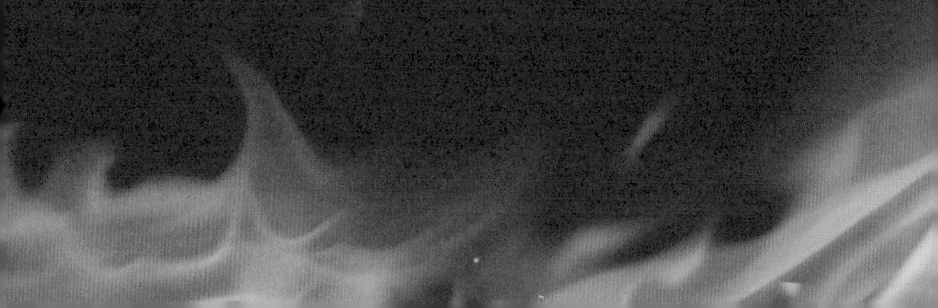

子晉這晚還是在他二哥的茶餐廳「打躉」，因為好一陣也找不到工作，還是幫家人看看舖，也好利用撥出的一個小空間，與阿丘落力商討他們合作的新項目。

說「新項目」其實也談了大半年。二人是大學同學，都修讀電影、傳媒有關科目，心願是——拍——電——影！

在這時勢是很渺茫的，連戲院也做不住要執笠了，還有誰開戲？還給新丁開戲？

阿丘熱血道：「我一定要為香港人拍香港背景的電影，有大陸市場也不考慮！」

開玩笑，大陸市場還輪到你？你啥也不是，連當護旗手也夠不上資格。

子晉和二哥也不過是一般茶餐廳營生，生意在限時禁令下已大不如前，只靠外賣苟延殘喘。

繼佐敦、深水埗區，這長生店林立的紅磡區，近期也有十多宗確診，不但強制檢測，還會封區。茶餐廳在附近，很多殯儀業開OT多叫外賣。不管是花牌、棺材、骨灰、長生業務，都「多D嚟密D手」，人同此心，個個趕住年尾出殯，把白事搞掂才過農曆新年，訂單特別多，即使肺炎肆虐，死人的最後一程還是要辦妥的。

一旦封區，遺體無法上房、出殯、依期火化、完成程序，牽一髮動全身，就會煩擾到先人。所以有長生店入夜後即搬走棺木用具文件……以免女市長「突襲」封區，影響喪葬，殃及死者。

「不封關反到處封區，效益低又勞民傷財，有亡魂找已斷六親的她夜談訴冤就精彩了。」

「這個可以加入劇本中。」阿丘道：「恐怖片，應景！」

「罰她當靈堂紙紮妹仔侍候，也彌補不了時間金錢上的損失，更加深家人親友的怨憤呀。」

「看視像述職新聞，相由心生，由化妝衣着表情到打光，都不必再加工了。」

「而且眼神好詭異，令人懷疑是否『蜥蜴人』？」打開手機出示。

阿丘驚呼：「吓？殺到香港了？」

場場刻意的政治騷，沒一項是為香港福祉和民生着想的，因為眼中只有私欲。

子晉以前拍過紀錄片，好歹小導演一枚，對鏡頭特寫很敏感：「有些面相與前相比更加悽厲，大細眼明顯，眼角下垂嚴重，三白眼中，一隻反白，一隻瞳還呈小圓點，方向不同，像蜥蜴的變化——不過只是圖片，比不上佩洛西那片段，可以慢鏡逐格睇。」

這美國國會眾議院議長，在侵侵被逼退後，誓加彈劾趕盡殺絕，斷其4年後重返白宮之路。

阿丘笑道：「細看這個，佩洛西發言間，可以從一格一格的變幻，見到她的瞳孔『消失』掉，再回復正常——究竟是人還是『非人』？」

世上很多新聞、視頻、消息……都正邪混雜，真假難分。

這種瞳孔的異象，在蜥蜴族群是常態，牠們視覺、聽覺、嗅覺十分敏銳，對五官的使用非比尋常，身為「變色龍」，體色隨環境適時變換，是求存卻敵之法，而怪異的眼睛，是可轉動不同方向的：一左一右一前一後一上一下，總之四面八方都同時警覺。爬蟲類眼睛如有層「帘幕」，極速拉下一蓋，那瞳孔可以由圓變線，甚至消失一陣，方才復原。

佩洛西的發言視頻在網上瘋傳，也與美國CIA外星人檔案解密有關吧？抑或解不解密，猜想中的外星「蜥蜴人」根本已滲透民間，偶爾或無

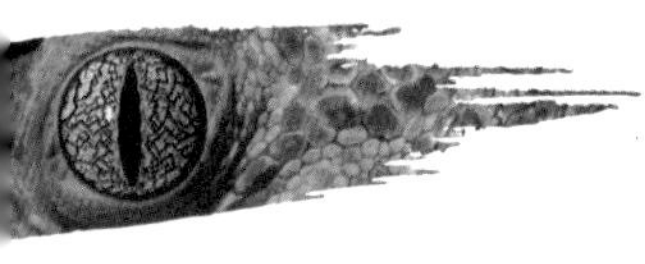

心，露出真相？真可怕！

忽傳來敲叩鐵閘的聲響。

茶餐廳仍未打烊，但外賣客人不多了。子晉一抬頭，門外站了個長髮少女：

「先生，因封區我回不了家，可以在你店中暫待嗎？天一亮我就走。」

那是個斯文秀麗的長髮少女，像大一、二女生，看上去正常，人畜無害。子晉和阿丘交換一下眼色，莫非有料到？

尤其是剛談到外星「蜥蜴人」……也有可能是長生店處理個案中，未及上房的鬼，或封區後迷路的亡魂……總之心念電轉，各有所感。

搞電影、編劇本，首要條件是「胡思亂想」。二人異口同聲道：

「沒問題，你先進來坐一坐。」

子晉拖過一張座椅：「地方小，客人禁堂食後，看來外賣的也不來了，我們可以拉閘打烊。」又笑：「朋友在私人地方聊天，不算犯了限聚令吧？」

阿丘道：「要看他們是否拉你，沒道理可辯。」

「不阻你們嗎？」她問。

「不阻。我們正聊到外星人呢。」二人試探着。

「啊，蜥蜴人！」

二人一怔，何以馬上有聯想有回應：「你怎麼知道？」

「我是侵粉，侵侵被屈還敗選，我不忿到想哭呢。」少女道：「因為美國外星人檔案解密才特別關注，“Discovery”也播過，我有同學還做了個蜥蜴人專題放上網。」

「蜥蜴人」是猜想中的外星生物一族？但也有見證：在美國宣稱見過他們的超過10人——半人半獸的蜥蜴人身高達2米，有雙紅眼睛，全身披

滿厚厚的綠色鱗甲，每手有3根手指，直立行走，力氣很大，曾發生推翻汽車，和擄劫強姦事件……

「但他們也會化作人形，或潛入目標人物中加以控制。」子晉道：「就像鬼古中的『奪舍』。」

「對呀，有傳說奧巴馬、卡梅倫、克林頓、希拉里、佩洛西……都有嫌疑，甚至中國的女媧和伏羲都是蜥蜴人。」阿丘：「這不是我說的，也很難 fact check，有個看眼神觀言行，在準備發新聞稿的記者，在家離奇死亡了。」

傳說中外星除了蜥蜴人，還有小灰人、海底人、螳螂人……具超能力，吸收人類能量，企圖控制社會意識，統治千年。

子晉突如其來問她：「你是什麼人？」

以為「突襲」式（今期流行詞彙）一問：「你是什麼人？」，對方會措手不及，從反應中可以猜測——

誰知她很順溜道：「我是上海人。」

上海人？是地球人，不是外星人，也不是非人類生物？

「口音有一DD不正是嗎？」長髮少女笑道：「已經努力改好多了，我們一家已融合香港了。」

子晉望向阿丘，啼笑皆非：冇事發生，有點失望。

「你們呢？」

「哦，我們都是廣東人——我們是真．香港人！」

此時，少女的手機響了，她接聽。之後告知：「我爸打來，叫我到封區閘口，他馬上下樓出示『住客證明』信件，有我個名，希望網開一面准我回家——今時今日，原來『回家』很難！」

誰說不是？10歲女童剪髮被困髮型屋至傍晚，一度離開的母親來接時

大廈被封，政府人員還建議她為女童在這龍蛇混雜之處租賓館過一宵。此外，也有補習社小童受困……

在外未趕及回家的人，一一被阻擋在藍白色封鎖線外，不得越過，警察及政府班子如臨大敵，頤指氣使。

少女正待告別，她手機又響了：「什麼——阿爸被人拉了——怎麼辦？——好的——你們小心……」急得想哭了。原來她爸下樓在閘口出示證明理論時，受刁難喝罵，老人家不滿，又為護女回家，與相關人員吵起來……最終被又拉又鎖。媽囑她到表姐處住一晚再說，明晨七時後解封才回來，現仍要去保釋老爸呢。唉。

女市長為了借疫打壓，甚至可能採取「無人應門，申請手令破門而入」強檢手段——「破門而入」？市民的私產和身體健康得不到尊重？還動輒破壞？這是什麼世界？

「明天我們就可以看到這強檢結果了，有數字有真相。」阿丘道：「生氣傷身。」

子晉怒道：「只有蜥蜴人才那麼充滿仇恨，冷血無情的吧？究竟世界誰是『話事人』？」

——有大蜥蜴才有小蜥蜴，是動物生態……

果然，政府過去連續多日多區多人強制檢測，大部份「零確診」——封區不但勞民傷財勞而無功，且本末倒置無法「控疫」，只是「控民」。

一日不封關還姑息回港易還任由豁免者四處播毒，香港怎會安全？

「黃大仙車公許願樹……也受制了，連神都不放過。」阿丘道：「真是人神共憤！」

「我為夏蕙姨唔抵，黃大仙取消上頭炷香，她由2007年開始，每年扮生肖造型上香，只差牛年未扮，齊集不到12款，真激氣！」

門外來了客人：「夏蕙姨說年初一扮牛魔王去上香為港祈福呀，阻唔到佢團火嘅！」

回頭一看，昨晚無家可歸的長髮少女，她是Joey。

「你爸怎麼了？」聽說因不滿封區令女兒回不了家，與警察吵了幾句，被捕——

「折騰了大半晚，剛才他已睡了。」她也平復了：「路過，打個招呼，多謝收留。」

「我們待會也約了製片談融資——即是課金。」子晉道：「你入來我請你吃個常餐。」

「不了。」她開手機：「我昨晚不是談到外星蜥蜴人的傳說嗎？忽記得有段片，不一定是權貴政客或者總統，原來有好些歌手、柒星、保鑣、平民也可能被蜥蜴人進侵，看！我send給你。」

問了手機號，send片。阿丘見Joey分明是與子晉「保持聯絡」。

子晉望望阿丘：「我send埋畀你。」順手為之。

Joey問：「你們拍電影？」

子晉道：「一個導演，一個編劇，輪流拍住上。」

二人是同學、朋友、兄弟、拍檔，「兩小無猜」。Joey走後，子晉在小廚房弄了兩份常餐。二哥誇他：「熟手男工，蛋也愈煎愈好，蛋黃震動，蛋白晶瑩，還有燶邊。」

「二哥，你間舖還是自己頂住，我日後要手拿大聲公喊"Action！"的！」

二哥取笑：「不是我潑冷水，市道不景，哪有人看電影？睇怕你未喊"Action！"已經先叫"Cut！"了。」

「不怕！」子晉還充滿自信：「我們劇本好，兄弟班，志同道合，全收友情價。」

據知，香港電影人很多竟在北京漂流，因為大陸還有中小型製作，能開戲就能開飯——不過題材和質素都在水準下，票房也慘淡，賺些人仔吊命。

也有一部份電影人在台灣找出路，轉戰網絡等其他平台，都是低成本，也靠公家相助。

只有香港，若非「北望神州」，或有老細支持，便得籌款、融資——即是辛苦到處找人「夾錢」開戲。

阿丘幫腔：「一陣去見製片商議資金，天無絕人之路，二人同心，其利斷金。」

二哥道：「希望你們不要白費了大半年的工夫，斷金斷水斷糧，我小餐廳請不起！」

「Cut！」子晉向他大喊。

「導演筒」大聲公，只是一個象徵，從前片場內或有無上權威，現實中，「心比天高，命如紙薄」的小小電影界新丁，有時還得幫手送外賣。

「送外賣保安清潔……？現時最低工資時薪 $37.5 元，要凍薪兩年了，打工仔慘，不過小老闆也慘！」

子晉怒斥：「點解妹仔同狗官仍然加薪？他們冇料扮四條，理應減薪扣糧！」

正說着，時間到了，要上製作公司開會，「求財」心切。

「為港產片祈福！」

「走吧。」阿丘催促子晉：「就快連拜神上香的地方也沒有了。」

還是忐忑不安的。

年輕是罪，愛香港是罪，太愛香港最大罪。大學生師弟們，連放映敏感一點的紀錄片也遭校方阻攔，或有神秘人偷拍，有秋後算帳之威嚇。

明天是莫測的。不知如何，阿丘竟失聯了……

失聯？

這是在極權國家才會發生的常態。明明是天天或隔天通聯的人，明明在一起的人，咫尺天涯？封區的藍白色綿延封鎖帶就是一個象徵。人人身邊都有危機。

子晉和阿丘相識合作多年好拍檔，互相扶持，向目標進發，眼看就差錢了，他沒其他憂慮，只不知發生什麼事，阿丘 whatsapp「已讀不回」，和有意無意不答覆，不聯絡，不報喜，不報憂。

子晉很焦急。

「籌款」拍個小型地道港產片的過程，還是共同奮鬥，而且也有眉目了。當然一家不夠，繼續努力。不管最後子晉和阿丘誰當導演，二人都聯名編劇、監製，這是一早說好，也有默契的。兄弟班，輪住上執導演筒。

為追求創作和製作自由，根本不考慮大陸市場——說真的，他們又何來「大陸市場」？再爛的片票房以「億」計？

他再與阿丘電聯網聯留言……都沒回覆。

索性踩上他家。

——沉默好一陣的阿丘，終於肯開腔了。「製片拎這 project 另找投資方，最後他們選了我。」

選了你？

我呢？

「我們沒有跟你談——因為資金來自大陸，而且劇本也因應時勢環境改動不少，才可在大陸上映。」

「放棄香港市場？」

「不，是放棄了資金，基本上香港和大陸市場都沒有了。」阿丘起初還有點為難，不知如何面對老友，後來漸漸順溜和自信：「最重要是有冇得拍，拍得成才論到市場。」

很簡單，有大陸資金，雖小型，但已成為一部國產片，題材和卡士也是另一回事了。

「子晉，你有理念，有原則，很難說服你——但，我真的好想做導演！」阿丘索性敞開了。

——出賣？背叛？還不止……

子晉馬上追問：「劇本呢？這是我倆合作的，還在改善中，劇本是我最初的idea，也給了不少意見——」

「但，」阿丘道：「這是沒有識認的，『idea』和意見？多麼虛無。」

阿丘還強調：「作為導演，未必一定全部採用。」

「你心知肚明，哪些是你的哪些是我的。」子晉覺得不妙，終於撕臉了，眼前的人是兄弟嗎？何以他一點也不認識他，還談什麼你我？

「劇本可是兩個人的心血！」他還企圖對方「念舊」？

「劇本？」阿丘正色道：「我打算先寫小說，出版了，確定版權：這是我的東西。」

什麼？小說？從沒聽過也不知道阿丘會——寫——小——說。人家原創者，先寫小說出版、暢銷，才確定版權，可以打官司，循法律途徑杜絕侵權。像中國大陸，什麼于正（于抄抄）和郭敬明，還被百多名作家和編劇聯署，指控抄襲、侵權、不肯認錯——結果二人得公開發「道歉聲明」……

但對面的人，是沒有證據的侵權者，他怎會認錯？怎會道歉？怎會分他一杯羹？

連共同進退也不肯。

看來阿丘準備根據原著「自編自導」了。「編劇」一欄沒有子晉的名字，這個BB他沒有份，還無權追認——是的，沒有憑證也難驗DNA，真滑稽，粵語陳片中的橋段：「要仔唔要乸」，他就是那個「乸」！

「子晉，我希望你明白，我這樣做，是減少日後雙方的麻煩，也不會影響投資者的信心——大家知道籌款真的不容易。好不容易籌到，你分分鐘硬頸不要，但我想要呀，機會難得，總不能為了因為你的『骨氣』，我也一場空……我真的好想做導演！」

——當阿丘表現得理直氣壯，語重心長之際，子晉赫然發現：他的眼神有異……他的左眼，瞳孔瞬間消失，變成一條線，如帘幕一覆，馬上回復原狀……原來他也是傳說中的蜥蜴人……

蜥蜴眼神才一瞬間，是幻覺、眼花、心魔……很難追查。

大家身邊都有很多詭異的東西，人或物或事，措手不及稍現原形，幹出無法預測的人性道德以外的勾當。不是疑心生暗鬼，亦非自己嚇自己，人懶，不追查不聯想不發現不深思不提防，就當沒有，結果一盆冰水照頭淋。

子晉離開阿丘家時，背後仍聽到他道：「希望你不要嬲，也不影響我們那麼多年的交情……」

才怪，出賣和被出賣，又怎會有「交情」？心灰意冷又有仇報的子晉在街上閑逛放空了一陣，到底還是回到茶餐廳去。

心情好差。

二哥江湖歷練，當然看得出：阿丘失聯久沒共聚，這個電影發燒友弟弟又沮喪沉默，便道：「拆夥了？」不待回話：「這些事經常發生，一場歡喜一場空，幸好只是大半年，以後還有大把機會——」

「但我失去這個老友。」

「冇計啦，社會上什麼人也有。冇工開，就幫我看舖啦，或者甩咗佢，因禍得福也說不定。」

二哥還「娓娓道來」：「我看新聞，那款國產疫苗只得50.83%功效，等於執生死籌，還有很多副作用：發燒、喉痛、失去味覺嗅覺、哮喘、失禁、面癱，甚至釘咗——不過印尼有個男人用了中國貨，生殖器竟然再發育，長了3吋！」

「這是假新聞，印尼報章有查證有澄清，叫人不要輕信。」

「哦，假的？」二哥失望：「如果『細佬』可以長3吋，有疫苗仲使乜偉哥？人人都湧到去打——」

「Cut！」子晉忽大聲止住熱情奔放綺夢中的二哥。因為他看到Joey走來買外賣——他不好意思讓女生聽到這些話。

招呼了Joey，子晉道：「我給你做。」菜肉放多些，蛋也煎2隻。二哥通氣：「敗家！冇眼睇！我出去食支煙。」

Joey端詳子晉一下：「唔，你當黑！我一早就知。」

子晉苦笑：「吓？有樣睇？」

「而且一早睇到。」Joey道：「記得那晚嗎？」

因為政府突然封區，生人死人都受困擾。她回不了家，進來店中要求暫待，老爸想出示住客證明信件護女不果，後來她去表姐家……當晚他們聊到外星蜥蜴人，原來她好有心得。

後來還把一段非權貴政客的片段send給子晉，好些「普通人」也有可能被蜥蜴人進侵——

「當時我看到你老友的眼神好怪異，寒意一閃而過，我看不清楚是否蜥蜴化，或者妒忌你收到片，總之直覺上他靠不住。」

「不用直覺，已成事實。」

「那也好呀！」Joey 安慰：「早發現好過遲發現，早死早超生，到了泥足深陷時損失更多，心情更差。」

「有道理。」子晉道：「但我不會死，日後發圍一定比對方有成就：東成西就，不會像今日那般頹！」

「這就是江湖上傳聞的『起飛腳』、『起尾注』、『跣一鑊』？」Joey 笑說。

子晉道：「不止，還是『忽然轉軚』、『過一晸』、『食夾棍』、『食詐糊』、『過橋抽板』、『打完齋唔要和尚』……」一路數，原來同類的形容詞那麼多！

「不愧是編劇！」Joey 恭維：「未來的金像導演！」子晉心情好轉，還鬆毛鬆翼，振作起來了。

「咦？你能未卜先知？會不會就是那來自 2060 年的未來人 KFK 呀？有可疑，網上傳這個豆瓣用戶 KFK 是上海人……」

「我是上海人，不是未來人——我哪有能力報料？」

「唔——那自稱穿越過來的未來人，憶述侵侵會連任，但結果是老拜偷了總統大位，還要秋後算帳對付他……都不靈。」

「這還不是『結果』啦，說不定王者歸來。」果然是侵粉。

二哥歸來：「嘩，有冇咁多嘢傾呀？我 chur 咗三支煙咯喎。」

子晉臉上一紅……

如此黑面也紅了，可見塞翁失馬，焉知非福。

正如 Joey 堅信侵侵還未算落敗，連串發功，逆境反彈，走着瞧！

政局如此，人心如此，世情如此，瞬息萬變，一時間無法看清結果，有些局中局，誰也不知道——

說時遲那時快，才過了一陣，子晉有藉口約Joey了：「快出來，我有開心大事同你share！」

開心？大事？

他們籌拍團隊中負責美術和造型的小C告訴他：阿丘被出賣了——經製片找得的大陸投資方，還是不放心，即使阿丘肯聽令改劇本改對白，以保「導演」大位，但人家想把整個project重組，「引進片」或「合拍片」不如「國產片」，換大陸導演有何難？影圈中人人等機會。反正沒簽合同，把阿丘呈上的取其精華全部改編，片名也改了，與他一點關係也沒有，更無法律後果。急於上位賣友求榮的阿丘，中伏了！

一度委屈的子晉面對Joey，根本不裝：「我好開心！不用扮大方扮寬容，小蜥蜴遇上大蜥蜴，死不足惜，哈哈！哈哈！哈哈哈！」

「識到她真好，原來『每朵烏雲都鑲了銀邊』，先飲為敬！」他想。

便道：「不如我下個劇本寫蜥蜴——」

「好啊！蜥蜴好靚好妖艷，影像豐富：有鬃獅蜥、綠鬣蜥、豹紋守宮、高冠變色龍、犀牛鬣蜥、王者蜥、泰加巨蜥、噴血蜥、藍舌石龍子……」

子晉望着這個對蜥蜴如此有心得的不尋常的女生，他怔住了：「……你是什麼人？」

你是人嗎？

紫禁井妖

見過醫生，作過產檢，周姑娘扶着她出來等藥。

「井太，你小心，預產期在16號，但三胞胎時有變數，真正分娩可能在預產期的前後2週內，有時較難預計，你準備好入院的『走佬袋』了吧？」

「放心，我有經驗。」

周姑娘笑道：

「你真是夠堅強，充滿正能量。記得最初照到有三個健康胎囊，你表現得平和，如意料中事。醫生說一星期後再照，而且這大半年有疫情，或者考慮減胎，陀兩個已好辛苦，三個風險高——不過你捨不得，話有意志力捱得到，我真佩服你。上次你見過的朱太也讚你超級媽咪！」

當井太看到超音波照片，這三粒小種子又OK了，真好！快完成「任務」了。

唔，再生幾轉，應該功德圓滿。

當然，一般懷了三胞胎的孕婦，前三個月是危險期，胎兒有可能「自然淘汰」，或要減胎，以免母嬰都受不了，但如果中途胎死腹中，就「前功盡廢」了。

對井太而言，她戰績彪炳，立功無數——也是立「功德」無數。作為超級媽咪，她每回都是三胞胎，只生一個兩個，有點費時費勁，生四個是負苛，三胞胎最好，一次過拯救三個亡魂。

「亡魂」？

是奪舍嗎？代孕嗎？法術嗎？超渡嗎？報答嗎？還債嗎？

她要物色質素高的男人，非關愛情只為交合，讓ＢＢ成孕，有安身立命之處。

她不怕粗身大勢行動不便，不怕見紅、打針、產檢、戒口、嘔吐、心

悸、感染、難受、臥床安胎，捱八個月……荷爾蒙更改變更難搞都沒問題，她優而為之，作為三胞胎專業戶，已有百年經驗了。

井太沒有丈夫只有床伴，而且都是一矢中的一次過就緣盡。「井」是本姓，她就是「井」

——紫禁城中的一口古井……

本來人們用「古井」形容女人，有點不敬——指年事已高，不易為外人外物所動，還有就是守寡不再嫁，但都有「家底」，淘古井的男人，花心思時間，必有斬獲。

但這位，卻是真真正正的古井，不止城府深，還「內涵」豐富，淘之不盡……

井妖來自紫禁城。

始建於明成祖永樂年間，1420年落成，位於北京中軸線的中心，佔地面積72萬平方米，為世界上現存規模最大的宮殿型木質建築群組，明、清兩朝24位皇帝的皇宮，后妃宮人深居於此，也是世上最大的監獄。即使1911年清帝溥儀遜位，仍保有「小朝廷」，一直享用紫禁城。直至1924年軍閥領袖馮玉祥發動「北京政變」，驅逐溥儀一眾出宮。1925年火速成立「故宮博物院」，不讓封建帝主回頭，並向群眾開放，參觀者萬人空巷，交通堵塞，是當年最大新聞……

當帝后宮女太監所有紫禁城殘留之物全遭驅逐，死的死，活的流散民間混跡江湖，人妖同一命運。

作為一口古井，修煉成妖，百年百變，也真不容易，靠着數不清的血肉骨髓和眼淚培育，道行一年比一年高。

「你不過是一口井，紫禁城中有九千多間房屋，供水的井便有七十多口，有什麼大不了？還成妖成精？」

——這就不懂內情了。

建立八百年，出宮近百年的井太笑：

「在宮中，誰敢喝井水？」

還道：「帝后妃嬪宮人數萬，只喝玉泉山上運來的泉水。」

宮中井水只供洗衣和滅火之用，無人敢喝。宮廷鬥爭錯綜複雜，為了爭寵奪權、絕後、謀殺……難免有人悄悄往井裏投毒，水再清，都有看不見的戾氣。

今日時髦的井太回憶中，受驚的第一次：夜深了，忽聞悽悽哭喊：

「娘，來生再侍候你了！」

撲通一聲投井自盡，身上綁了磚石，一沉到底，腐臭大半個月才被發現，滿井屍水。……

清朝宮女每年一選，都是上三旗內務府包衣虛歲11歲或以上的女子，和太監一起做雜役，為主子服務。

宮中規矩嚴苛，生活很苦。這自盡的小宮女，便是因為身心俱疲思念亡母偷偷哭祭，被太監發現，違規犯罪遭罰跪三日，甚至杖責，受不了，心灰意冷。生無可戀才投井。

如何熬到25到30歲？受盡摧殘的「老姑娘」了，多半還得了「血鬱」之病，累出來的不孕不育症，出宮之後誰要？若非與太監「對食」，便得淪落風塵伺候客人……

其實葬身水井中的何止綺年玉貌但受盡欺淩誣告栽贓的宮女？還有失寵妃嬪，遭冷落遺忘的女人年年都有一批。更多的是被藥殺的流產胎、生下來只是個公主的胎兒，也有被欺壓毒打淫威性虐的小太監……在紫禁城中，生和死都經過計算、取捨、減免、消滅。後宮重自己的子嗣，「情敵們」能把「皇子」保住活下來，實屬萬幸。

三大殿東西六宮的七十多口水井，地下水道皆互通，所以充斥冤魂，也堆積不少雜件，甚至金鑲珠石點翠簪、白玉嵌蓮荷紋扁方頭飾，掐金絲鑲翡翠紅綠藍寶石……皆所值不菲，是宮中珍貴首飾，亦百年來充裕生活費。

投井自盡的厲鬼冤魂夜夜悽哭，都一身滑潺潺的，長了青苔拌以水草，五官腫脹、模糊、永恆的半融狀態，發出難聞惡臭，每到之處遺落水漬——井妖儲存在「肚子」中的，盡皆如此。

以為清朝禁宮千秋萬世？不，時移世易，井妖「陀」着苦候投胎做人的亡魂，被逼於 1924 年出宮。

為了惻隱，為了積德，也為了早日修成正果，也一嘗「做人」滋味，自由自主的快樂。

——每回送出「三胞胎」，讓他們再世為人，重覓新生，找到一主好人家中成長。為免引起懷疑，得滿世界跑，不停搬家，不停懷孕，不停放生，終有一日，功德圓滿！

焰口餓鬼

見過餓鬼嗎？知道餓鬼嗎？其實都充斥人間，但大家未必「有緣」得遇，恭喜。

且慢，餓鬼的前身也充斥人間，全球都有。

不說遠的，只近在眼前吧。

香港被掏空，豪花公帑媚主、倒錢填海、維穩、還無法無天濫捕濫告濫偽證誣陷……

——都是「毒」。

香港已成「毒埠」，亦已淪落沉沒了。

世上再沒有香港，只餘「六道」：三善道為天、阿修羅、人；三惡道為畜生、餓鬼、地獄。存在於另一空間。

人有良知辨析，甘心戀棧作孽，是個人選擇。橫行霸道無法制衡？惟有因果報應。

有人不信；有人信之已晚。

在某年，某月，某日，某處，有個和尚托缽化緣，迷路了。但隨天意，遇到什麼是什麼。他無意走近一大宅，從門外望進去，只見一個十幾歲少年，坐在華貴又舒適的寶座上。

他道：「師父，請進，我等你好久了！」

和尚一看，吃了一驚……

有結界。有氣味。

出家僧眾都稱「師父」，不管男女長幼，剃度已久或剛剛落髮，只要現清淨僧相，都可尊稱「師父」，即如師如父之意。少年再喜：

「師父，你來了，我也放心了。這給你。」

和尚化緣，沿門托缽乞飲食乞生活用品，但有制定「不持金銀戒」，手不拈金銀珠寶財物，以維持簡樸、少欲、知足的出家生活，解脫煩惱。

他見少年要給他物件，便合十拒絕：「施主布施飲食已可，因貧僧迷路，一天一夜未有飲食。」

和尚環視這大宅，似是富貴人家，但家道中落，只剩偌大宅院，大而無當，欠人煙欠生氣。

和尚隨意問少年：「施主多大歲數？」

少年一邊把已備之齋粥素菜取出，還有水果，一邊答：「我17。」

又道：「去時17。」

即是說，他未成年，亦已不是人。

少年出示手中之物，是個鑰匙，一把鑰匙一把鎖，一個問題一個答案。

他的座椅也不算「寶座」，只是大戶人家的家具桌椅，都是名貴木材和墊子，人坐得舒適。而且他在「等人」，已坐了很久沒離開，就是個人的「寶座」了。世人貪戀權位——凡塵的寶座，是多少掌權者的終身帝夢？

半秒也不肯離座，永續至千秋萬世，怎會放手讓賢？

少年受結界保護，劃一地區，防魔障侵入，具一定法力效力。定是某些力量所為。

「師父，你一來，結界可解。」少年道：「所覆之網不外虛空，但我不想走，結不結界也無所謂，是陰間使者疼惜，才加以保護，免再受侵害。」

「你是枉死的。」

「對呀。」少年不似有怨氣，十分寬容：「被家人害死的。」——這還不冤？

此時又傳來一陣腥臭之氣……

和尚四下張望，循腥臭氣味之源，找到一間柴房。

柴房設於大宅廚房之旁，一間小小的堆放柴薪之所。此處亦有結界——是圈困在內，不能走離，遑論逃出生天。看來似是些鎮壓之物。

和尚一到，結界亦解。

他把少年所給之鑰匙打開木門，惡臭撲鼻而來。和尚一度受驚，但因是出家修行人，故不動聲色，不受影響，只合十：「阿彌陀佛！」

一堆「物體」湧出來了……

全是餓鬼！

餓到失去自尊，姿態難看，痛苦不堪，但又完全無法解脫的一堆廢物。

和尚後退兩步，他也曾不知所措，定下心神之後，看清形勢：——

這堆餓鬼有男有女，但已不成人形。腹部脹大如甕缸，但咽喉細小如針孔，成強烈對比。都在哀嚎：「我餓！給我吃的！餓得受不了！」

和尚道：「先喝點水——」

「水？」餓鬼齊問：「『水』是什麼？」

和尚聽聞：果報中的餓鬼，長年不得飲食，不能聽得什麼水、豆漿、米湯……等名字，不知世上有解渴之物，也不享解渴之暢。

這些餓鬼，正報在地獄，於今的餓鬼道是花報，在人間先受苦罪，有人得見得悉，廣傳儆世——可惜世人多有不信。

見餓鬼虛弱又受罪，已賤如地底泥，和尚動惻隱之心，把他化緣齋粥素菜，分予同吃。

誰知餓鬼偶得珍貴食物，搶了放入口中，不但因咽喉如針孔細小，不得下咽，有勉強塞下，亦感覺非常滾燙，如注入銅汁鐵液，燒得嘴裏冒火，鼻孔噴煙，呈「焰口」之象。

任何食物在火焰中瞬間化為灰燼，再美味再香甜，不過是幻象。

每隻鬼，永遠與火焰為伴，成為身體一部份，擺脫不了的鎖……

其實鬼同人一樣，基本欲求不外衣食。

餓鬼之所以「餓」，是所求不遂，永遠不遂，無窮無盡的饑渴痛苦。

別說得不到滿足，連一點點滋潤也沒有。即使有時得到一些不淨之物：糞便、膿血、臭水、痰涎、鼻涕、黃尿……成群餓鬼已在搶奪，視同珍寶，而掠者亦因過程中的暴力互毆互打，遍體鱗傷才到手，針口所享者不過點滴而已。

和尚見此情狀，也覺慘然：「難怪你們都瘦骨嶙峋，整個身體如同燒焦枯樹，只剩皮包骨，沒半點血肉，皮膚鬆弛似掛着的破衣。活也活不成，死也死不了……」

因業力顯現的懲罰，夏天時清涼的月光變成逼人熱浪；冬天裏，溫暖的太陽卻會放出徹骨寒光。望見遠處樹上掛滿纍纍果實，由於饑渴難擋，拖着巨大如山的肚腹，蹣跚爬着去滾着去，剛到樹下，果實全不存在，只餘枯枝，讓一眾願望落空，雙重痛苦。再拖着疲憊不堪的殘軀來到江邊，江水剎那乾涸，黃沙漫漫，日日如是，不知要「受」多少時日？

和尚道：「這還不是無間地獄，只是人間花道，看來有一線悔悟生機。」沉吟一下，也作安撫：「就算入畜生道，當隻飛蚊爬蟲，總有口安樂茶飯。」

——是的，茶飯而已，「安樂」茶飯也要償還惡債孽報，才可得享。

「諸位如此窮途，因焰口，有也變無，還受飢渴寒熱蚊叮燥病之折磨，一定心知肚明，何以致此——人已死了，亦非一了百了。」

少年走近，指指這群餓鬼：「陰間使者把它們困囿在柴房斗室，應是等你來了，點化解脫。」

「你已枉死去世，理應轉世投胎，為什麼不走？」

「本可上路，只是不忍。」少年善良澄明：「這些，都是我的家人——」

「家人？」

「同一屋簷下的家人。」

「你說過是害死你的人。」和尚問：「把你害死，就有仇恨，何以你還『不忍』？」

少年雖才17歲，彷彿生關死劫令他成長了：「也是一場緣份呀。」

最初遇害，他也不忿、不解，心生怨憤，遊魂飄蕩，誓要尋找家門復仇……

什麼是緣份？緣是命，是前生修為今生相聚，雲起雲落，風吹風止，可遇不可求——有善緣、惡緣、逆緣……但此生遇上，成一家人，就是緣。

世人有以利相聚，利盡則散；也有因緣而聚，緣盡而散——未必是最好歸宿，甚至招殺身之禍，只在一念之間。人無法改變一切血緣關係，骨子裏的糾纏更難以擺脫，須經一番劫難，才了結債務。

少年的亡魂，飄飄然茫茫然回到生前家居，看到這恐怖一幕，才明白了：他們一家子，不是你欠我，就是我欠你，得還。

因一念「不忍」，他祈求陰間使者給大家一個機會。而他，明明可以轉世投胎，也希望等到某一天，某位有緣的中間人。

「就是師父你！」

「貧僧何德何能，拯一眾餓鬼脫離劣境？而且這是果報，他們一定幹過什麼，最終也殺過人，才淪此田地。」

「以為是好好過活的一家子，誰知因為私慾和歹心，結果全死了。」

少年有哀傷神色，但又有領悟之寬容：「不要緊，此生已休，他生定過得好些。」

和尚望向焰口餓鬼，它們已失去思辨能力，沒有良知也沒有悔疚，根本沒反應，只為半口在火焰中化灰之前的吃食，卑賤而空洞。

「我的父親、後母、兄嫂、家丁、管家、僕從……」

為什麼「全死了」？無聲無息地，空中浮現一面鏡——「孽鏡」。

「孽鏡」說是一面鏡，其實是個紀錄視頻。

陰間幽冥有「孽鏡台」，乃天地靈氣所凝聚的虛幻建築。亡魂到此，即可照出其本來面目，絲毫不能隱瞞——世人一生，大罪小孽重重疊疊，但所做之事，自己心中明白，影像不但攝於鏡，也攝於心，心中有數，「萬法由心生」。

善魂不必照鏡，其靈性光明，不見陰影。只因「孽鏡台前無好人」，原形畢露的都是惡靈惡鬼。

孽鏡不一定在黃泉路上，也在世人心內、眼前、空中，無處不在無處不現。

和尚見空中浮現的一面孽鏡，並不特別詫異：「阿彌陀佛，善哉，善哉。諸位也應重新審視前因後果了。」

凡善人壽終，或死於非命，有被接引至西方極樂，或再世輪迴得享善報……但惡人無法投生，在鬼道和地獄受盡煎熬，且無止境。

這一眾餓鬼已無靈悟更無思想，抬頭一看，在世時之作為，才漸漸有絲絲回憶，也知「萬般帶不走，唯有業隨身」。

少年的一家子？

先看他的父親，是個非常精明但又吝嗇惡毒的富豪，他沒有什麼布施分享的心意，只愛折騰貧苦孤兒及乞丐，雖曰施食，卻分了幾次，每次撒一點點，讓他們狗一樣的來爭搶，還打起架來，富豪樂得哈哈大笑。有時也吩咐家丁，對這些人模狗樣的餓人拳打腳踢：「生來賤命，活該沒一頓飽！」

惟我獨尊心腸歹毒一言堂，當然無人敢違抗。

鏡中出現了一名含羞忍辱的婦人。少年哀傷：「這是我生母，我5歲時她已病逝。」

又道：「她早走也是福份，後來不必眼見心煩，要受的我代她受了。」

只為財利冷酷無情的父親更好色，與家中婢女勾搭上了——這處心積慮的隨嫁妹，機靈乖巧擅媚主，侍候女主人，也伺機侍候男主人……

從前的隨嫁妹（陪嫁丫鬟），生而為人只是「隨」、「陪」，是小姐的附屬品，小姐嫁到男家成為女主人，她仍是奴婢侍從，大部份被男主人收為小妾——但有些不甘如此，只千方百計飛上枝頭：「扶正」，這要等待女主人消失了。

有句粵俗語：「妹仔大過主人婆」，出身高貴稟性賢淑的母親就受氣生病了。

少年回憶：「我哥哥比我大10歲，天性頑劣無心向學，他是長子，篤定的二世祖。我出生後，父親生意旺盛還賺了大錢，說是腳頭好，目為金叵羅。」

「金叵羅」是古語，出自北齊，指金製酒器，也形容人或物件矜貴、受寵。

所以少年自出生起，也是其他居心叵測者的眼中釘。常在背後說他母子壞話、造謠、誣衊……加上好景不常，當父親生意遇上倒楣運，不比從前，雖曰「瘦死的駱駝比馬大」，但就開始遷怒於病人稚子，不大搭理。

「母親患了頭痛病，痛起來天昏地暗如撕裂粉碎……我年紀小，只懂用小手幫她搓揉……」

「孩子那麼可愛，我作媽的捨不得你長大——但，又希望你快高長大，懂得自保自立，不要受罪……」母親蒼白着臉，矛盾地抱緊他。

後來，母親去世了。

母親病死那年，少年才5歲，已是他咬牙孤獨成長的開始。

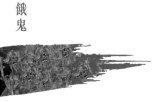

想起母親雖逢不幸，但潛心向佛寄託情懷，誦經、舒心、平靜、不怨。點滴慈善功德，如餵養流浪貓狗，救災捐款，施衣施食，盡量行善積德回向，今生苦不苦已難回頭，不求人天福報，只求自身和兒身平安，下輩子也無憂無慮。

「——但這一切，似乎對命運無助。」少年道：「有時我也懷疑世間是否有善惡報應？心存善念，只是為了亡母來生。」

當然，後母、晚娘、後底乪，又怎會讓他有碗飽飯？

陰毒的後母均愛用蘆花做棉衣，以糠皮當米飯，刻薄寡恩冷笑連連，失寵又喪母的孩子直如透明閑人，卻仍是妨礙。

後母一直懷不上孩子，又怕老父起了二心，遂把她同鄉招來當管家，好生監視。這管家婦體形肥腫又貌寢，所以沒什麼誘惑力殺傷力，是個聽令於大婢的小婢，狐假虎威。

少年道：「我最怕這管家婆，不但尅扣飯菜，還愛無故打罵，糾同家丁關我進黑房——就是這柴房，一關兩三天也沒人發覺，我餓得金星直冒，只得偷生的番薯吃。」

兩個前頭的孩子漸漸長大了，娶了嫂嫂的長子，廿多歲，善觀臉色，也為了想獨佔家產，與後母有染滿足性慾；嫂嫂家貧，仰人鼻息，亦睜一眼閉一眼，只管迎合阿諛，圖些好處。少年識破但不敢揭發……

「——這就是我的一家子了。」少年望向和尚：「但我仍堅強，活得好好的，只盼有日可以自保自立，還有自主，如亡母所願。」

沒等和尚接話，他已自嘲：「母親生前說過，看流年運程，我們母子年年都有『指背星』、『天哭星』……但我不怕指背，更加不哭，終有一日，出人頭地！」

可是，慘劇還是發生了。

和尚不自覺追問：「慘劇？」

清明那日，本該全家去掃墓，拜祭祖先，也拜祭亡母。

父親忽覺身體不適，着他們一眾代行。

主人不在，底下這一眾，交換了眼色。

大好機會！

拜祭完畢，趁少年佇立山邊，思念哀悼，他們合力把他——推——下——山——崖！

粉身碎骨慘死，成了清明新鬼。

一眾沒事人般拍拍手回家，乾淨利落。

飯桌上添了好菜，父親木無表情地着各人入席。少了一人？他們道：

「不知遛到哪玩去？整天在外頭野！」

父親鐵青着臉……

後母見此情狀，估道父親為小兒子不肖生氣了，向腫作一團的胖管家示意：「你去把那明前龍井泡來，讓老爺子消消氣。」

管家婆唯命是從。

一壺清香的明前龍井，在清明節前採摘的嫩芽製成，色澤翠綠，甘醇爽口。

後母奉上一杯：「這是綠茶珍品，剛買沏上，快喝。」兄嫂也慇懃勸飲。

見父親喝了，也安心了。

父親示意各人起筷，他因不適，只吃清粥，桌上好菜就讓上山勞累大半天後的家人享用了，大快朵頤。

忽然，父親捧着肚子，彎着身體，五官也扭曲了：「好痛！」

「哦，不舒服便進房裏休息一下吧。」

舉桌動也不動。

管家帳房家丁動也不動。

父親恍然大悟：「有毒！你們在茶中下毒！」

後母只是淡然微笑。

父親怒斥：「別以為我不知道，你們殺了他，已有人通風報訊——兒子是我骨肉血脈，再不肖，不得我心，要打要罵要剮，還輪……不……到……你……們……」

還差一點點時間，老頭子的財產就到手了，兄嫂望着父親：「我是長子，日後代你管理一切，帳房已準備好了，你放心去吧。」

「放心……」父親「撲通」一下不支摔倒地上，之後悄然無聲。

望着七孔流血的屍體，何以父親仍會「放心」？

——因為，飯菜中早已下毒。未幾，一個個也捧着肚子，彎着身體，五官扭曲，七孔流血，在痛楚中嗚呼哀哉！

這一家，滅門了。

各懷鬼胎，貪財好色，混亂敗壞，心腸惡毒的一家，是物以類聚？抑或報應不爽？總之自相殘殺，無一倖免。

本來「飽死」的焰口餓鬼，從「孽鏡」中，找到自己的前因，靜默了。

和尚在大宅悄寂中，忽有異狀……

只見和尚失神，如墮入深沉的黑洞，苦思，找不到出路，找不出因由……面對一家餓鬼，他有點茫然問：「說是家人自相殘殺，也是人間最大悲劇，但何以『外人』也死在其中？」

少年道：「他們都是為虎作倀的幫兇、爪牙、鷹犬、走狗，沒有一個是『無辜』的呀。」

「如帳房先生只是管理財務帳目──」

「不能看表面，這帳房在我家，從前以父親為主，協助他刻薄斂財，收入每多不義，自己也從中騙取利益，肚滿腸肥。」少年再道：「看他長相，耳後見腮，眼神閃爍，後來見後母和兄長另有圖謀，衡量之後，暗中倒戈相向，作假帳、除眼中釘——即是我，他都有份。」

「因果如此。」和尚長歎一聲：「都明白了。但趕盡殺絕，到頭來亦一場空。」

「師父説得對，看他們張嘴即變火焰，求食慾望永遠不遂，求之不得，見之不獲，也很痛苦。」

和尚道：「是的，饑渴至極，即使是重病者腫瘤膿血惡液鼻涕臭水，都群起搶奪。只怪生前業力，壞人衣食，且見人饑渴還得意稱快，是吝嗇、貪婪、嫉妒，害己害人……」

「請問師父如何為他們解脱？」

「主要是他們自執迷、沉淪之睡夢中覺醒、悟道，由迷惑而明白，由模糊而清楚。36種餓鬼各有各的因緣果報，貧僧能力有限，但當盡力而為。」

引領至瑜伽焰口法會，放焰口、盂蘭盆供，向餓鬼施食、說法、超度，讓之得悟、皈依、受戒，具足正見，不再造孽受罪……

少年感激：「那真是一條漫漫長路了。」又道：「不枉我等你那麼久！」

鬼界一夜，已是人間十年……少年在沒防備之際忽然問和尚：「你知道我在等你嗎？」

「不知道。」和尚有點奇怪：「我們出家人，十方化緣，怎會知道某人在某地等我呢？都是隨意路過吧了。」

「是隨天意呢。」

「施主等了多久？」

「我也沒數算，反正『日子』對我不重要——重要的是等到了！」

而且鬼界人間的年月日都有差距，十年廿年百年……

少年似對自己的信念十分執着：「我信，不懷疑，不作他想：要來的人一定來，只會遲，不會等不到。」

「師父多大？」他問。

「我四十多了，還只是初階，在學習中。」

「哦，」少年自語：「原來已過了那麼久。」

「母親去世後，我也聽了些經，也唸誦哀悼——據說，今生能做和尚的，皆是過去培有善根。」少年道：「若無善根善念，禮佛懂法，四大皆空，未必有資格出家當和尚。」

「談不上什麼『資格』，只是自小性近，且怕血肉腥葷，故吃長素，放下功名富貴，父母不捨也由我選擇出家，跪叩拜別，各赴前程——」

「與父母也算生離死別了？」少年望定他。

「不算，只是彼此相忘而已。」和尚微笑：「普度眾生，也是普度凡塵所有父母子女。」

少年眼中閃過一絲失望——他認得「他」，「他」卻認不得自己了！只因為，眼前人在死後，已在黃泉路上喝過孟婆湯，過奈何橋，轉世再為人。

孟婆湯由孟婆廣採俗世各種草藥，加上收集人間因悲、喜、痛、恨、愁、愛……的眼淚，點滴相和，熬煮成甘、苦、辛、酸、鹹五味紛陳的湯，亡魂自願或被迫喝了，前塵往事就會徹底了斷，全部忘掉，不再糾纏。

少年只能以唇顫動，向對面那「陌生過路人」低喚：

「媽！」

和尚沒什麼感覺也沒什麼反應。

「媽！」這是少年多少年來心中默念：自5歲母逝起，至17歲已亡，之後數不清的日子，等了又等，路人過門不入……直到和尚推門，結界解了，餓鬼群出，一家子才又「重聚」——若什麼也沒發生過，就是尋常人家代代相傳。

他很掛念母親。但「母親」已經失去一切回憶了。亡魂與和尚面對面，這是凡塵俗世最遙遠的距離——他們隔了一道忘川，和一碗湯！

「師父，你有沒有特別喜歡的食物、地方或人？」少年盡力在迷茫中提醒，希望對方有偶然的感觸。

「貧僧吃十方，睡天地之間，普度眾生為己任，沒特別喜惡，也不挑揀，隨天意而行。」

「無傷心事？」

「出家前後都不動心。」

「沒病痛？」

「身子骨倒很好，沒病痛。」和尚忽省得：「呀，偶爾在風寒之夜，有點頭痛，但分心不理，就不痛了。」

「頭痛是難癒的。」少年忙道：「必得在額角太陽穴位着力。」

少年把兩手食指屈曲成角狀，在太陽穴打圈搓揉，那指頭角位較硬，用力按壓更加奏效——當他還是個無力小孩時，已懂得這樣為母親減輕痛楚，她會舒服地稱讚他：「我兒日後必是個好大夫！」

他當不上大夫，但這是永遠忘不了的好辰光。和尚依照他的方式一試。

「師父，好些嗎？」

「好些了！」

一個是魄散魂離的虛影，一個是四大皆空的行者，此生終有最密切的交集，所有緣起緣滅都是天意……

少年上路了，回望和尚：「一家子的焰口餓鬼就靠師父伸出援手超度了。」

和尚回身送他：「一路好走！以德報怨必有福澤，好好把握你的新生！」

前世五百次回眸，才換來今生的擦肩而過。萬水千山，不知下回相遇，是何時何地何人？

玫瑰與菊

「我在這裏已等了近一小時了，你為什麼遲到？情人節也遲到？花也沒一束？……」Jessie 遙見男友ＫＫ氣急敗壞趕至，已怒火中燒，一輪嘴發洩。

本來，二月十四日嘛，情侶都開開心心共度，疫情下政府的荒謬限聚令禁堂食令還有什麼安心碼威脅，也不減二人世界暖意，沒有燭光晚餐，也訂了燭光午餐——他卻遲大到！

世界艱難。但，節日送花，玫瑰！怎可或缺？在亂紛紛又失自由的衰敗之城，總也容得下有情男女和99支玫瑰吧。

ＫＫ趕來，也非兩手空空，但只得一支玫瑰，他緊張，還帶怒氣：「情人節撞正初三赤口，不得不罵粗口！」他又一輪嘴發洩。

什麼年代什麼時日什麼形勢？這5年來心情由好變壞，人生命途也由順變逆，送花過節只是自我或互相撫慰，具體的表現。不過，出事了。

經濟不景，KK盤算一下，選擇在網上買花，這「信心花舍」以價錢平品種多作招徠，照片色彩繽紛又情意綿綿。在花墟或花店，99支玫瑰得$5,000左右，網購只賣$1,300——情人們急急落定過數，還安排了節目，原定早上收花後與Jessie約會，誰知等到中午也收不到，致電花舍，對方關了機，網頁不斷鏟走受害者留言，最後網頁還刪掉了。

「我也是苦主。」KK解釋：「去報案警方態度愛理不理的，反要我多等幾天或者會收貨——有冇搞錯！節都過了，肯定是無良奸商呃錢！」

「都是你！一年一次，慳什麼？」Jessie港女性格，「公主病」又發作——沒公主的命，只有公主的病，也是諷刺。「現在被人呃錢了，只送一支，多寒酸！」

生氣不知因他蠢還是因他孤寒，二人吵起來，人人心中有團鬱結的躁火：香港已被政棍人渣搞成咁，現在連一束漂亮的花也泡湯。

她搶過那支可憐的贖罪玫瑰，扔在地上，轉身跑了……

本來就是千多年來節慶名花。3世紀時，羅馬帝國皇帝為了充實兵力，下令所有單身男性羅馬公民從軍，不許結婚，天主教神父華倫泰不理禁令，秘密替有情人證婚，結果被捕被絞死，人們將處決日（2月14日）定為聖華倫天奴節Valentine's Day，情人節是紀念勇敢的神父而非殉情的戀人，但也成為舉世的「浪漫」節日。

——即使後來商業化，或流行習俗行禮如儀，以朱古力、卡片、首飾珠寶、鮮花填滿，但玫瑰，是永恆主角。

這支被生氣港女扔棄的紅玫瑰，深深不忿，只覺身價大貶：「一個假公主，哪有資格糟蹋歷享盛名的愛情花？你怎配擁有愛情？」

薔薇科玫瑰，原指紅色的美玉，容光煥發、勇敢、熱戀……集「愛」與「美」於一身，由一支到99支都有寓意，那堪成為地面棄花？

今年情人節撞正赤口，又是星期日，送花上女方辦公室驕其同儕的壯舉時間不對，哪有人星期五就送花的？疫情下市道不佳，花墟也冷清，價格下跌，買花送花的人有，但肯定少於以前太平日子，送99支或一度訂99支玫瑰的，已是好有心了。

作為被騙的受害者匆促買來的贖罪品，一支花哄不回野蠻女友，也罷。玫瑰流下淚來，連眼淚也染紅了，更覺悽酸。不，不要待在垃圾堆！一步一步的，向前走，離開這一陣衰敗氣味的小城，走到哪都勝過受辱等死……

忘記身後，不再回頭。

——所以玫瑰也無法見到，那一時氣憤，衝動地扔棄自己的港女，在男友解釋呵哄下，也明白了，更明白再發脾氣，眼前的男友終會離她而去，蘇州過後冇艇搭，再沒有送花人就後悔了。她急忙回頭想拾回那支玫瑰，卻找不到影蹤：「我就要那支！」

這個喚Jessie的港女，忽地雙目紅了。愈是找不到，愈是要找：「怎會不見了？我剛才就扔在這兒，不見了？」

她急得哭了，對賠盡小心又「最後勝利」的男友道：「嗚——嗚——我就是要那支！」

「我再買過，都一樣——」

「不一樣！」她傷心了：「另買一支是不一樣的呀！」

雖然野蠻，但一旦「覺悟」，就很堅持，因為她知道，如此費工夫希望哄回自己，沒有99支也有可貴的一支，這不是「花」的問題，這是「心」的關係，所以，她非要把紅玫瑰四處搜尋，重回自己手上，才是一個圓滿的情人節。

——其實玫瑰早已走遠，所以她窮此生也找不回。遠了，人影和聲音也漸冉……

「生有時，死有時；栽種有時，拔出所栽種的也有時；殺戮有時，醫治有時；拆毀有時，建造有時；哭有時，笑有時；哀慟有時，跳舞有時；拋擲石頭有時，堆積石頭有時；懷抱有時，不懷抱有時；尋找有時，失落有時；保守有時，捨棄有時；撕裂有時，縫補有時；靜默有時，言語有時；喜愛有時，恨惡有時；爭戰有時，和好有時……」

玫瑰在節慶、生日會、婚禮……都聽過聖經《傳道書》第三章，這些句子也會背了。

——但，愁緒湧上心頭，未必看透。自己曾高貴、艷麗、受歡迎、具代表性、滿座讚歎，也有淪落的一天。玫瑰自忖：「雖曰『有時』，但我仍鮮美，何以今日淪為垃圾？我究竟做錯了什麼？」

世間凡事都有定期，天下萬務都有定時，生死存亡都有定數——是的，一切已「定」，回想無益。

只怪你當初沒珍惜？

不過誰又真正懂得「及時」呢？

玫瑰披着稍為髒亂的紅衣，也不知前行到了什麼地方？任從腳步隨便引領吧，無目的，也無希望。

忽傳來一陣哭聲……

哭？

又有人哭？

這是個不快樂的日子？抑或不快樂的世界？

玫瑰四下一瞧，才在角落找到哭聲之源——原來是一支菊花，這是白菊。玫瑰鮮紅嬌艷，過去多瞧不上素淡的菊花，認為愛清高就清高到底吧，不礙你偉大。古人什麼「採菊東籬下，悠然見南山」、什麼「寧可抱香枝上老，不隨黃葉舞秋風」、什麼「不是花中偏愛菊，此花開盡更無花」……

但看眼前白菊，好像有點尷尬、狼狽、憔悴，部份花瓣掉落了，似經搶掠或拉扯，受了傷。

這時日，花也一一受傷，自己亦一般光景，感懷身世——難道世上再無惜花護花人？

「哎，你發生什麼事？」玫瑰問：「遇劫嗎？」

「不。」菊花歎一口氣：「被你爭我奪，好不容易才逃脱，要不然也小命不保。」

殘花敗柳？沒理由，還鮮妍着，只是「逃難」？

也許菊花也瞧不上俗艷的玫瑰吧——自己代表了高潔、清淨、脱俗、真情……文化地位很高，梅蘭菊竹還並稱「四君子」，但君子也會落難的。

「我從來沒想過會有今天。」菊花道：「看來你也一樣吧？但你一定沒有我那樣驚恐，太可怕了！

見菊花驚魂未定進退無着，玫瑰問：「現今新春佳節，何以逃難？你來自何方？」

「我來自鬼域……」

「鬼域？」玫瑰驚詫：「你是鬼嗎？是花的亡魂嗎？」

「不，我是活的，也半死不活了。」菊花自憐：「有聽過『上新香』的風俗嗎？」

「沒有。我來自香港，不經不覺隨天意走到這兒，正是人生路不熟，也不懂地方風俗。」玫瑰低語：「我是情人節被扔棄的一支花。」

「哪雙情人呢？」

「不知道。」玫瑰自嘲一笑：「人怎會有什麼？有緣相聚，緣盡相分，但存一口氣，忘也好記也好，都能過日子，不像花的薄命，如『朝花夕拾』，不堪重提了。」

「唉，人也難說，要走就走，談不上長壽短命。天災人禍——更甚是人禍，直接間接就害死好多人。」

「所以『上新香』？」玫瑰好奇：「『新』指第一次嗎？」

「哦，這兒風俗，如果哪家有人走了，第二年初一凌晨，就會有家屬親朋好友，抱着菊花，去給過世的人上一炷香。」

「現在是 2021 年，那麼給上新香的亡魂，都在 2020 年走的了。」

「對。」

「那與你遇災劫有什麼關係？看你真是受傷破落，苟延殘命似的。」

「誰叫我來自武漢？」

「武漢？」玫瑰問：「官方所稱肺炎的源頭？」

菊花帶愧無語，雖與自己無關，也羞。

菊的色彩豐富，有紅、黃、白、紫、墨、綠、橙、粉、棕、雪青、淡綠，甚至複色和間色。

「我是白菊，主為清明掃墓或設靈祭祀時，表示哀悼、思念之用。」菊花垂首低迴：「想不到一年伊始，為人哀傷也為自己哀傷……」又道：「今日有以我祭奠先人，明天又有誰來祭我？」

「究竟你在初一發生什麼事？」玫瑰問：「今日已初三了，你是如何逃離的？」

初一凌晨，武漢市大堵車了，花市門口的單向四車道堵的水洩不通。為的，就是爭購黃菊和白菊，白菊尤其搶手，嚇得不知人間何世……

菊是哀悼祭奠之花，本來在春節期間受點冷落，這不是菊的日子，人們都愛買喜氣洋洋的花過年。

——但今年初一就不同了，想起猶有餘悸。

在武漢，什麼球場街、循禮門，大大小小的花市、超市、園藝店……群眾湧至，車有車堵，人有人擠，有肯排隊的，更有不肯排隊來搶的，搶到也得付錢，只是供不應求。

雖然過年鮮花生意比較好，今年卻異常火爆，而且最早斷市的是白菊黃菊，而非其他顏色。

「很快已一盆難求，大供應商也斷供，大家慌了，花販子就漲價，最初還100元三支，後來150元才買到一支，散雜的束起來充數……」

有家開了30年的花店老闆說，從未見過這場面；有老闆和店員說，已經50小時沒睡，花賣光了忙設法添補……到了最後，就是一口價，賣的要多少，買的給多少，賣的不清楚究竟生意如何，只知道錢都往口袋猛塞。

可國家官媒報導了武漢花市有多熱鬧多火爆：「生意好得不得了！是

過年的『報復性消費』，寓意『牛氣沖天』。」

卻沒報導火的是啥花？怎麼用？為什麼？心裏沒數嗎？

白菊告訴玫瑰，是這樣逃出生天的：

一個等了大半夜也買不到菊花的女子，見人捧了一大束準備離去，她追上前央求讓幾支，對方不肯。一個拉扯：「求你了，給先人拜祭不能沒花，你怎麼不近人情？」一個堅拒：「好不容易才搶到手，而且還花了近千元，衣服也撕破了，你別撿便宜了，我家也有先人要拜祭！」二人吵起來，還動起手來。

在憤怒的氛圍，所有隱忍着哀傷的平民老百姓，更顯一個「慘」字。

因為缺花「上新香」，可以猜想去年死了多少人……

去年武漢死了多少人？全國又死了多少人？至今仍是一個謎。

香港的玫瑰，各地各種花卉，根本說不出一個所以然，全都蒙在鼓裏

——這事兒，只有菊知道。

「看今年初一凌晨起全城賣斷的祭祀之花，還用說明白嗎？」白菊欷歔：「如今還有人『報復性消費』那麼沒心沒肺沒親情沒人性嗎？」

其實，任何感染肺炎死亡數字都不可信，人們相信的是現狀實況：

——

那會兒，堆滿屍體的醫院走道，屍袋已不敷；廿四小時長開的火化爐；堆積如山無人認領的（實名申請登記）手機；領取先人骨灰盅的十里長龍；人口調查報告數字急降；各大電訊公司過了繳款期限一再催繳大量用戶失蹤；申領老人津貼銳減逾15萬……小區寂寥，店關了，人少了，那些人哪去了？是官方數字的十倍百倍？誰知道？誰又追查得到？根本也無人過問，只由菊花代喻……

「明年今日，更不知何等情狀了。」

「是的。」玫瑰也覺同病相憐：「極權和疫情下，香港幾乎不過聖誕節等外國節慶，明年今日，還有西方流行的情人節嗎？我們沒什麼市場固然惆悵，你們生意太好甚至斷市，更加悲哀。」

人口萎縮、經濟萎縮，不止，自由、快樂、安定，即使是平凡度日與世無爭的空間，也一一萎縮了。

兩支本來高貴鮮妍一度還互相瞧不起的名花，也因淪落而無語，還有什麼好說呢？

靜默——

「咦？似乎又有哭聲了。」玫瑰豎耳一聽，由遠至近，不止哭，還有鬧，十分悽厲！

「爸！媽！我回來晚了……我該死！對不起呀！」

是個瘋子？

白菊馬上道：「躲起來！快！就是她！」

就是她？她是誰？

「想不到逃到城外郊區，還是遇上！」白菊把玫瑰拉過一旁草木山石之後：「初一凌晨硬要搶奪菊花拜祭，把我弄得遍體鱗傷的女子——我不認識她，那買主也不認識她，是個買不到花就發狂，又吵又鬧的神經病……」

又吵又鬧，只求一支菊花？吵鬧有什麼用？公安城管一來，便抓走了。也許拘留了兩晚，放出來時，已過了「上新香」時間，哪有什麼關懷？人情味？解決手法？

只聽得那不到30的女子在悲鳴：「爸！媽！我們生一起生，死一起死吧！」

家家有本難唸的經？不，家家有些難活的人——誰也不曉得誰家死

活，只知道天降橫禍，真的死了很多很多無辜的人……

是那一天，她回家晚了。

武漢封城了，不但城市的公交、地鐵、輪渡、長途客運、火車、機場……所有交通工具停頓，私家車輛逃亡潮長龍堵着，進不來出不去。到底這過千萬人口的中國大城市，也跑了幾百萬人，倉皇逃離，全國流竄。

但小區封了，住處封了，家門釘死了……一切消息都鎖上了，人人不能出門一步，以免病毒擴散。

千方百計花盡精力找到家了，女兒與老父母咫尺天涯——而且已經大半個月了，街上都是處理屍體的黑色大型塑料垃圾袋，因為屍袋用光了，無法趕製。身穿保護衣的收屍隊，忙得天昏地暗。

死去的多是老人，敵不過肺炎病毒和併發症，呼天不應叫地不聞——但證件上的死因，都不是感染、確診，而只是不明原因，或其他原因，與肺炎一點關係也沒有，所以死亡數字不會撥歸這項數據。

大家也不知這半瘋狂「尋釁滋事」的苦主，一下子成了無父無母的孤兒，如何被管被關。在精神病院出來後，說是康復了。

——因為買不到花，又瘋了……

生一起生，這是人間天倫；死一起死？還是想不通。

這場瘟疫，天災？人禍？一個佈局？誰都是局外人，受害人。

每個城市都有無辜者，有些甚至認命，被封鎖棄置時預先寫下了遺書，知道自己活不成——但也希望未遭殃的子女親人可以倖存，健康平安。

父母去世，報不了親恩，後悔回家晚了，但早了也無用，事實上永遠見不着，家破人亡陰陽相隔的蟻民太多太多了……

自責？也不知向誰申訴、呼冤、索償。今後每年，祭日都痛苦。全中

國，全世界，天天發生悲劇，病毒擴散、變種、再擴散，世紀疫症，全球感染人數超過一億五千多萬；死亡人數超過三百多萬，數字與日俱增，並非一人承受……

玫瑰忍不住，對白菊說：「你先躲着別出來，以免刺激她，我上去。」

菊攔不住。

「小姐！」玫瑰走近這個「瘋子」，把聲音放得輕柔：「你靜一靜，別哭，先看看我行不行？」

「不要！你是玫瑰，還紅得那麼諷刺，我不要，我只要白菊！」

「哦這就是你不懂了。玫瑰是『情人花』，父母在時，是你情人，對嗎？要看通。」

「你以為我病了？瘋了？肯定不是，我只是心事太重壓得透不過氣來，我沒有無理取鬧，不過堅持找到家鄉傳統的白菊花去上新香吧，我堅持，有錯嗎？」

就在此時，傷痕纍纍花不成花的白菊，現身了。

玫瑰回頭，一怔：「呀，你怎麼出來了？我救不了你！」

白菊捧了束野生小菊來了。野菊決非傳統祭祀之花那麼個頭大，蓬蓬然，花瓣從花心輻射狀迸發，長得豐盛飽滿——野菊是黃心白瓣，個子小小，簡簡單單的小花，像一束星星……

野花亦菊科、菊屬，多年生草本植物，也有長得高大，更多是匍匐山邊草叢路旁，並不起眼。

野菊的花、葉，同蓬然白菊一樣，均可入藥、入饌、入枕，泡茶清心明目。

白菊把自己的同類小輩，遞予淚痕斑駁的女子：「別小看野菊，卑微在路邊茁壯，迎風微顫，生命力強得很呢！」

女子接過了，低頭細賞，也平靜了些。

白菊又道：「上香拜祭，悼念先人時，表達同樣的心意——女兒心意。不用拘泥於俗念。」

女子深呼吸一下，調勻了起伏的思緒，跌宕的心情。生離死別，自苦自責亦於事無補，挽不回縷縷亡魂，更不能沮喪消極以死相隨。

「你也死了，那死去的父母會更高興更安樂嗎？」兩支名花齊聲開解，竟十分合拍：「就因為你被徹底隔離了，沒被感染，免你受累，也是父母的心意，只望你健康、平安、活着。」

花也在心底自憐：「『活着』是多麼珍貴！」

催促：「快去上香！都初三了！」

是的，父母的心意，女兒的心意，女子釋懷了，持着野菊花束離去，她不是瘋子，比任何人都正常：「謝謝！花好漂亮！」

誦持《往生咒》，拔除一切業障，得生淨土——但作惡作孽的人，為了名利權勢高位，直接間接禍害平民百姓，總也有往生的一日，到時，誰為他們上香祭祀？說不定承受詛咒和報應，千千萬萬年……

「我來自香港，認識你真好。」

「我來自武漢，認識你真好。」

「想不到我倆同病相憐之餘，也攜手點化了一個孤兒，成本超低效益超高。」玫瑰道：「此刻很開心。」

菊花淡淡一笑：「花的壽命本不長，世上亦無人以花祭花……」

「不，我們交換祝福，彼此懷念，提早互祭。生死尋常，他日定能再見！」

「好，有緣再見！」

古牆

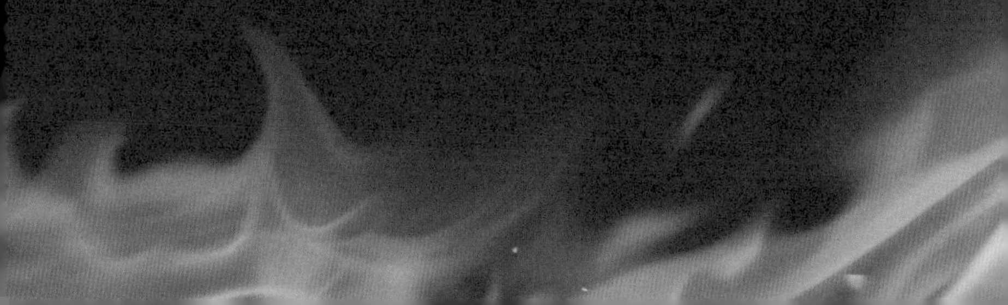

救護車很快抵達現場，這是宗奇怪的車禍。

深夜時份，一輛的士，沒有載客，不知如何轉向直撞路邊一道花崗岩的厚牆上，車頭毀爛，司機受傷昏迷。

警方和交通部的調查報告，都覺得這是沒可能發生的，因為司機老戴已有廿多年駕駛的士經驗，且他又非心浮氣躁的衝動派，都五十多了，平日小心謹慎，從未出過重大車禍，當然更不是玩命。

「兒子快上大學，得準備學費雜費，所以得空也兼夜更。」

「有沒有病？曾否服藥？會不會精神不振或一時暈眩眼花，所以失手亂撞？」

「怎會？」老戴戴着頸箍落口供：「那天我不知多精神，我又不喝酒，肯定非醉駕，奉公守法，敬業樂業，很多行家都說我是『恐龍』，難得的！」

他不敢動，怕牽扯傷口。昏迷一天後搶救過來了，終於在療養康復中。

一個平凡的好人。

但為甚麼有如此詭異的行動？誰也不知因由，連老戴亦未必說得上來，半信半疑，到底還是個謎。

老戴駛盡港九各區大小街巷，也目睹過不少車禍。他是熱心腸，像那天載客到瑪麗醫院，駛經薄扶林道，見一輛巴士忽地冒出白煙，的士駛過不能停，但白煙撲向車子，隔了玻璃也嗆鼻。他不管是否有人報警，一邊駕駛一邊打999。車上的客人在埋怨：

「我現在趕去急症室，也是一條人命，你快點吧！別多管閒事啦，肯定有司機乘客報了警——」

老戴只覺雖然多事，但總對得起天地良心，萬一有傷亡，亦爭分奪秒。

乘客急了，不停嘀咕：

「那麼近瑪麗，一車就到，已算好彩。司機你快手啦！」

某日經柴灣道，他看新聞，知有人在附近長命斜踩單車，好人好姐身強力壯，也猝死。走得突然，去得難看。作為司機，他聽的和看的太多，也「化」了，香港有數不盡的長命斜，其實應是「短命斜」——因為陡峭的斜路常有車輛失控失事，橫衝直撞，路過的人措手不及便罹難，出門買罐啤酒蛋糕也就永遠回不了家，堪稱短命。中環有幾條特別凶險的斜路，舊山頂道干德道東邊街西邊街一帶亦是黑點。

都是大道，也有不少橫街，以前不知發生過甚麼事，今日依舊存在，人和車駛過歲月，帶不走回憶。

對老戴而言，有些片段，在他昏迷和半昏迷期間，混亂地交疊，一時理不出頭緒，醒後想起就頭痛。

——但，到底誰是莫名其妙的車禍推手？

大半個月前，重陽節前後，是哪天他記不清楚了。

那個晚上他落客後駛經東邊街上醫院道，他知道這一帶兜客不易，正想改路回鬧區。

在路邊，夜色蒼茫看不大清楚，有個老人家截的士。老頭一手抱着個大袋，似是購物後回家，遠看袋中盛了水果雜貨之類，有點凹凸，也重。他一手橫伸，似急着截車。

因已是九時多，慶幸有客，老戴把車子停在老人身邊，打開後座門——但老人沒有上車，他自袋中掏出一些東西，焦急地給司機看。老戴見是圓圓的球體，還以為是個柚子，不知他幹甚麼？

誰知細心一瞧，嘩！竟是一個人頭，是個小孩的頭！老人還悲戚地再掏出一些手手腳腳之類，用哀哭的聲音求他：

「司機大佬，你有沒有扣針呀？」

釦針？

「你借幾個扣針給我啦，幫我個孫扣番好條屍啦。」

老戴目瞪口呆。

老人又哀求：

「咁你車我去買扣針，度度都關門了，我找了很久，拍門都沒人應！」

老戴雖見過世面身經百戰，此刻也毛髮直豎遍體生寒。他二話不說極速踩油，走為上着！

扔下那個詭異的老人，和他「一袋神秘物體」，頭也不回。他根本分不清那晚遇上的是人是鬼還是神經漢？也不敢回想。總之遇上就遇上，拒載就拒載，怪不得誰。月黑風高又重陽，到哪給他找「扣針」？還要縫好一個斷成幾截甩頭甩骨的童屍？太駭人了，老戴誰也沒告訴，生怕嚇壞老婆兒子，也不想令行家受驚膽怯。還有，如果是萬聖節嘩鬼提早四出嚇人取樂，豈不中計？自己也成了笑柄。

現今科技發達，網絡資訊一日千里，有人拍段短片上載，以示整蠱成績也未定，無聊！

老戴以此安慰自己，也刻意不與鬼怪聯想一氣。疑心生暗鬼——

咦？

這晚駛過同樣地段，前面赫見老人身影。

老戴心生一念，慢駛，掛牌，停在附近裝作等客。在不遠處靜觀一下。

他的車子不前。未幾後面駛來一輛的士。

手抱大袋的老人如前伸手截車，這回沒甚麼特別動作，只說了一番話，似是說出目的地，他正正常常地坐到後座，之後司機又正正常常地開車了。

他自問沒有眼花。上了客的的士前行，老戴見順路，便尾隨之，一看究竟吧。

一路上也沒甚麼。也許天黑了，他竟看不清後座的老人，也看不清前座的司機。前面的士一直駛一直駛……

忽然，老戴驚呼一聲：

「怎麼可能？怎麼可能？」

他用力揉揉眼睛，定神注視發生的怪事——

老戴永遠忘不了那無法解釋的一幕：

前面駛着的，是尋常不過的的士，手提大袋的老人上了車，車子一直前駛，乘客和司機因天黑而模糊不清，但的士卻明明可見，前面是直路，它到了某處，忽地扭軚，向左邊轉個彎，便沒入夜色中了。

老戴心忖，這一帶他熟悉，直路何來彎角？——只看到的士尾燈，那紅光一下子就不見了。的士不見了，乘客和司機也隨之消失。

是冉冉沒入一道牆中。

目睹怪異現象，他的車子無法停下或掉頭，他也不敢回望。

夜了，一切明天再說。

光天化日之下，彷彿膽子壯了，老戴記着昨夜那道牆的位置，停好車，下來檢視一下。

那是一道花崗岩的石牆，厚、硬、粗糙、古舊、神秘，但平凡。看真點，這一帶（例如第三街高街再上薄扶林道）都有石牆，凹凸不平，石縫裏有強擠生長的植物和苔蘚，但灰黯而堅實的石頭，像經歷過千百年滄桑。是的，當晚他目睹一切「融」進那牆中，再也出不來了。

「難道我眼花，怎麼可能？」

這疑團令他忍不住向那道牆「進攻」，不能進，只可攻：拍、打、踹、踢、敲、擊、砸……費了力氣，無半點動搖，它固若金湯牢不可破。

他開始反覆問自己：

「向我借扣針扣好童屍的老人是整蠱？但第二次再見人車消失就不可能開玩笑了，哪有如此巧合？」

翌日在飯桌上，老戴默默地把飯菜扒進嘴裏，半天也沒吃好。老婆忽地望定他：

「好端端的，你為甚麼戚眉戚眼？」

「甚麼？」

「你是眼眉跳呀，自己不發覺嗎？」

本來眼部四周的肌肉纖維，在短時間內不由自主地收縮牽動，當事人一定察覺，而且更加心緒不寧。

「你是不是睡眠不足？」老婆關心：「不如休息一天吧。我看你今天很累，早些回來別開夜班了，也不差一兩日。」

老戴用力按摩，手指在眼部打圈，把這微微的顫動壓住。眼眉跳，左跳財右跳災，但他兩隻眼都在跳啊，吉凶難辨，擔心也無謂。

「看，現在不跳了，正常過正常。開工了。」

搵食艱難，他一邊開車兜客一邊讓自己面對現實，休甚麼息？

上了斜路——神推鬼擁麼？他又駛到「老地方」一帶！

有個時髦少女伸手截的士。駛近停下載客，她不肯上：

「喂，你車上有客為甚麼還亮燈呀？short 咗咩？有冇搞錯？」

無端被罵，老戴有點生氣：

「你不上就不上，混吉！」

明明截車，又不上。司機拒載是違法，但乘客愛上不上，大晒。老戴朝倒後鏡一望，嘀咕：

「哪有客？黐線！」

這兩天不知如何，沒一樁事順心。

空車往前駛着，到紅綠燈處，車門忽然自動開了！

車子還微動一下。

——有——人——下——車。

車門又被關上。

電光石火一刹，一股寒氣直衝後腦。冰冷僵硬的手無法駕駛。他左右一望。

咦？多熱鬧。

不由自主地，下了車，上前一看。

石牆旁邊，是一道又長又直的石級，樹下有個小小的市集，像政府經常舉辦的懷舊墟場一樣，四下人聲市聲，混成一片。

小販在用鎚子鑿子敲打「啄啄糖」，那是老戴兒時吃過的薑糖。還有糖葱薄餅、缽仔糕、甘草欖、豬油渣麵、煨番薯……

忽聽見木屐聲，有婦女挽着藤籃買餸回家煮飯，有肉有瓜有菜，搭棵葱，都盛一籃子，沒有人用環保袋？真復古。

樹下有人在線面。

一個女人臉上塗上三鳳牌海棠粉，坐在欖上閉目仰面，線面的阿婆，使着一根細麻線，兩端分別繫在手指上，中間用牙咬着，這個交叉的三角麻線，在女人白白的臉上絞動，手指控制彈走汗毛，好令肌膚血液循環，光滑亮白。

老戴仔細一瞧，他脱口而出喚聲：「蓮姨？」

是他兒時舊街坊。老公開了間鋪頭仔，賣花占餅水泡餅煙仔餅汽水餅。蓮姨還告訴過他：

「這花占餅像不像個凸肚臍？對了，就叫『肚臍餅』。」

他認得她：

「蓮姨！」

此時阿婆在線面的細麻線斷了！

二人轉頭望向老戴。他都五十多的人了，眼下「蓮姨」才三十出頭，穿着窄腰花布大襟衫闊腳褲——小時候的街坊，那是多少年前的事？他記得了：「蓮姨早已過身！」那時鄰里還傳她勾佬，老公毒打她一頓，那個男人又跑掉，兩頭唔到岸，後來失蹤了。大家又傳她吃老鼠藥自殺了，從此沒有人見過她。

蓮姨好貪靚，總愛線面上粉化妝，姣屍扽篤。但在男人和小孩心目中，她實在「省鏡」。

一臉白粉冷漠又寒涼的蓮姨和線面婆婆轉頭望過來，恍如不見，不但沒有交集不作溝通，還不認得了。

——這是一個五十年代的靈異市集，這是另一個世界！

太陽下山了。

收攤了。

眼前一黑，人，不，鬼魅全部「融」進牆中，回到它們的世界。

老戴魄散魂離，驀地失控：

「幻覺！這不是真的！你們嚇不倒我的！我不怕！」

他馬上上車，踩油，扭軚，拼盡全身力氣全車力量，發狂地，猛烈撞向彎角那道花崗岩的厚牆上。

轟！

車頭毀爛，司機受傷昏迷。

——他時運高命不該絕也好，異類小懲大誡也好，車子雖猛地一撞，撞不入鬼門關，暫不必與之為伍。雖然遲早有此一日。

撿回一命重返陽間的老戴，猶有餘悸百思不解：

「會不會某一些牆，原來是『秘密通道』，就在我們周圍某處，卻一點也不發覺？」

赤狐之淚

李圖問：

「怎麼會不肯交配？——『不肯』？你們沒有好好給放對嗎？」

按規矩，狐長到十到十一月齡，已經成熟，並有性慾要求。狐同其他犬科動物一樣，屬於季節性單次發情動物，每年只有春天一個「發情期」，開始並持續八到十四天。

此起一兩個月內，渴望交配。還沒走近狐場，便可聽到一陣特殊的「嗷！嗷！嗷」吼叫，晚上還傳至老遠，叫聲此起彼落。風吹過，狐的香味（不慣的人便覺得騷臭）更濃。

為了一年才一次的求偶、誘情，公母狐均施展渾身解數。

李圖的這個狐場已開辦了接近七年。

其實祖父、父親，也是養狐的。

在山東，他們馴養從野外捕獵的北極狐、銀黑狐、彩狐、赤狐……，餵飼成熟，配種繁殖，取皮子賣給人作大衣、衣領、皮帽、圍脖……經濟收益比當農民高些，也比其他傳統養殖項目好些。要不是文革那時一場浩劫，李圖也不必在九三年時，才從頭做起。

經濟又轉型了，外貿體制進行了改革，珍貴的毛皮業得到「撒手開放」。狐場在李圖手上復甦時，他已年過三十了。

七年前，同幾個朋友集資，最初只是「倒種」、「炒種」，夠養九頭，一公兩母，三個大籠子。及後發展到接近六十頭。他已可獨立經營，國家政策讓一部份人富起來，他是其中一名大款。

每年秋天直到翌年二月，場內已作配種準備，好好把握發情鑑定，留意日照、天氣、給予豐足的口糧，了解公母狐的生活狀態，保持精卵健康。三十多天的配種期，必須抓緊。

小張和老周說：

「每年都這樣，沒出過岔子。我們把一早選配的公母狐，放進同一個籠內，牠們開始時互相嗅聞陰部，而後，公狐圍繞母狐四周撒尿，圈定自己勢力範圍，向其他的顯示這是自己佔有物，而後，嬉戲交配。都是這樣。」

小張又道：

「你不是指定那新來的赤狐，特別照應麼？我們編配體質最好的種公狐，先給牠。用個兩三天，才給別的使用。才採精留後。」

李圖問責：

「對呀，優良品種得人工放對，專門培育。老周沒作調教誘配嗎？母狐陰道分泌物沒有表現嗎？」

經驗豐富的老周忙解釋說：

「公狐沒問題，牠簡單，哪用調教？一發情，老站在籠側，扒籠望着母的，特別興奮，發出吼叫不停。放對後搖頭擺尾，要撲上去咬逗交配——只是母的不肯。」

這情形是罕見的。

若依公母比例，1:2.5～4.5，在繁殖期間，母的發情旺盛，求偶強烈，哪肯錯過？得到交配，一般滿足得還在公狐旁邊前肢匍匐，溫順地表示謝意。受精後牠的任務重了，妊娠產仔，繁殖下一代。

不待老周報告完畢，李圖推椅起來，到場內看個究竟。

今年購入的幾頭赤狐，是他的得意傑作。

狐在動物分類學上，屬於食肉目，犬科。但養狐的人不作學術研究，他們挑皮子好的，絨毛上品，具保暖性，還有毛色光澤漂亮，沒破損，有較佳製裘性能。水貂、波斯羔羊皮，和狐皮，都是世界三大裘皮支柱。

李圖買貨，原以北極狐為主。在黑龍江、吉林、遼寧、河北，和他們

山東一帶，也以這毛色淡褐近藍，又稱「藍狐」的北極狐品種數量最多，也有市場。還有就是針毛分了黑、白，和白毛幹黑毛尖形成灰銀度強的銀黑狐、因雜交後突變新色型的彩狐，如白金狐、珍珠狐、琥珀狐、大理石狐等。

但他一見幾頭新銳的赤狐，雖中等偏小，但吻尖長，四肢強健，身軀修長，尾長而圓粗，等於體長之半。還有最重要的，皮被豐厚，針毛細密，絨毛滿盈，呈鮮亮艷麗的赤紅色，迎光反射，一如眨眼。

野生赤狐在東北雖亦常見，但這般上品，令李圖一見鍾情。其中有一頭母狐，更是上品中之極致。其他母狐給比下去。他才不要了。

他想：「這赤狐才數月大，調理好了，幼齡初產仔必純美，再經不斷繁殖，帶來極高利潤。又可與藍狐配種。最終目的，乃一張優質皮子——這投資肯定沒錯！」

赤狐瞳孔本呈直縫狀，瞇着，眼睛忽發亮如小燈籠，尾腺發出狐香，通體一緊，毛更蓬鬆豎起。李圖大樂。

李圖對這批三頭，兩公一母的赤狐悉心照顧——只要了一母，作重點栽培。

赤狐靈巧敏捷，犬齒細長銳利，除了同其他狐般吃魚、兔、痘心豬、羊、雞等肉類及鮮碎骨外，還愛吃鼠，乃鼠類天敵。

李圖也餵動物頭尾內臟，以及魚粉、骨粉以補鈣，還有乳蛋類，蔬果玉米塊根不缺。營養充足。

長得越來越標緻，毛色也越來越閃亮。

一般在十一月下旬至十二月中旬取皮，這個季節，全身夏毛脱淨，峰齊絨厚，靈活光潤，尾毛蓬鬆粗大，當轉身時，還會出現明顯的「裂紋」——這才是一張好皮子。若狐優質，不急。先配種、產子。

一天，李圖巡視狐場，見赤狐悶悶不樂，呼吸困難，食慾不振。他特地給牠血。本可鮮餵，但又怕味道不好，便熟製成血豆腐，混於飼料中投給，動物血中含無機鹽，有輕瀉作用。

看牠糞便，測知是日前補給的蠶蛹不潔，也不易消化，才中毒、生病。李圖親手給牠打針。

「這蠶蛹可增毛絨光澤，怎可不餵？」李圖叮囑場內的飼養人員：「下回注意給風乾的，庫房中得定時翻晾，以免腐爛變質。」

又強調：

「不能吃壞了我的狐！」

再回頭吩咐：

「多給水喝。」

若是女人，都不知多感動。

李圖隨小張和老周到了狐場，赤狐的籠子。

只見那受盡煎熬的公狐，早已興奮勃起，心焦如焚，滿籠亂蹦，伺機撲前用強的。

但母狐卻表現得相當激動，煩躁不安，還厭惡逃躲，一再回頭恐嚇。誰走近，便露出尖銳的牙齒要咬，奮力還擊。

這情形已持續兩天。不得已，才驚動主人。

場內最孔武有力的「山東響馬」，近一米八五高的阿雄，還因爭取時間的配種過程不順利，心有不甘，糾同另一小伙子，當過公安的阿民，施展一貫的抓狐技巧，熟練地一人抓尾，一人抓後頸，加以保定強交。

做得滿頭大汗，卻不成功。

只因母狐堅決拒絕交配，獸性大發，阿雄的雙手掛了彩。阿民還被咬了一口。

「住手！住手！」

李圖急喝止：

「兩人出來！我自行處理。」

他生怕捕狐保定人工交配時，牠極力掙扎，雙方皆粗暴，便折了四肢或破了皮子。

李圖走近。看狐。

他一邊呵護：

「怎麼了我的小赤狐，認得主人嗎？為什麼不肯交配呢？——」

赤狐忽停了反抗，靜了下來，望定李圖。

牠發出喜悅而悲哀的嗚咽，眼睛瞇成一道縫。牠的香味，又流散在空氣中。

牠的尾巴翹起，蓬鬆而興奮。

眼角湧出一滴痛楚快活的淚。

牠不肯同同類交配。

牠似專心等一個人來，給牠一個說法。

李圖與牠面面相覷。驀地，他認出來了。驚詫：

「紅紅！是你？」

——邂逅紅紅那天，是個下雨的晚上。交春了，外邊仍是冷颼颼的，只有歡場暖融融。

李圖三十七了，正在盛年，又因這些年國民經濟發展入了快車道，養狐致富的人，比狐還騷。老婆孩子都待在家。風流的李圖不愁女伴，每到週末，幾個大款都到鎮上酒吧玩樂。已物色房子，配套到位，可作行宮。

玩膩了什麼三陪四陪女。

「老總，」小陳在他耳畔獻媚：「新來了個紅紅，才十七，鄉下來的，

鮮得多——」

紅衣艷女紅紅，吊梢眼，話很少，在他身邊陪着酒。不問情由，只跟他一個。誰都不搭理。

當晚，紅紅示意不必用安全套。李圖故意取笑：

「你壞。」

紅紅低着頭，甜膩而羞赧：

「不用。頭一遭。」

李圖情慾難捺。紅紅還千依百順的趴下了，把屁股翹得高高的，似懂非懂來逢迎，益發迷人……

「噭！」一聲呻吟，表情哀怨，眼角湧淚。她要好好地奉獻，令他得享人生最大歡娛。

李圖認出這眼神了。紅紅。

那一陣，都是紅紅來侍候，討他歡心。跟定他了——所以不肯跟其他的人，和其他的狐。

不那麼簡單吧。

豈是省油的燈，他估計一下。約莫也猜到：「有了？」

根據經驗，心裏有數：母狐受精妊娠期為五十一、二天。跟人不同。牠們不到二十天就可以看到略為膨大的腹部，繁殖性能極強。

紅紅用深情的眼睛望定他。

——是這個男人，對她噓寒問暖，晨昏照料，溫柔熨帖，愛護有加。病了還親來給自己打針。

牠想到自己，牠們居無定所，白天隱藏，晚上才出來，流離在密林、草原、丘陵、墓穴、荒山……遊蕩無依。父母被虎豹所噬，自己又落入獵人羅網。一身赤毛，一臉艷色，不知命運如何？幸得主人眷愛，才成長得那麼幸福——所以，決定終生堅貞侍候他！

所以在放對交配時抗拒得極度兇悍。誰用強就豁命。

「紅紅，」李圖把聲音放軟，感動地：「真傻！」

他把赤狐的毛，順滑掃平，牠舒舒服服地扭動身體享受愛撫。瞇起吊梢眼，發出一下高潮似的歎息。如床上百般媚態。

李圖再來時，還帶了針藥。赤狐柔順地接受他的治療，如前一樣，病好了，氣平了。

牠完全信靠牠的主人。

是的，他還安慰：

「打針了，好好睡一覺，明天再來看你。」

不須旁人進行保定，李圖熟悉牠的心。對，這兒，別動，不痛的，只一針，刺一下，就好了……拇指向注射器緩緩推進。

赤狐忽地張口、結舌、眼睛瞪得老大，湧出一滴莫測的難喻的淚，全身僵梗，四肢硬直——

李圖不動聲色。

這方法最好！只用注射器把空氣從前胸注入心臟，這樣，不消一刻，心臟和血管便形成氣梗，即時死亡——既不像棍擊造成皮下瘀血或外傷，損壞皮子，若狐裝死發難，後患無窮。又不會因取來電擊器材，令之起疑。且注射「氯化琥珀膽鹼」，又喚「司可林」，麻醉毒殺平靜，但殘留藥物，亦不妙。

注入空氣，乾淨利落，還是免費的。

當然，要靠熟練的技巧，準確掌握。這點，是李圖的強項：他把手心覆蓋紅紅的胸脯，跳得最急促響亮的地方……

心念電轉，那一年，一九六八年。文化大革命在六六年展開了序幕，

不過先在中央轟動。地方上，農村，到了六七、六八年才鬧起來。而且是毫無法紀漫無目的地破壞和毀滅。那年他才五歲。

紅小兵、革命群眾，最窮最兇的人，把祖父的狐場大包圍。先是殺狐，見狐就斬，必痛快地用刀亂刺，務求體無完膚，皮子徹底破損。然後砸場，把圍牆和防止狐狸挖洞逃走的鐵絲網拔起。最後火燒，大火夾着動物屍體的味道，又焦又臭，三夜不散。祖父因捨不得而撲救，也被燒死。

父親緊握着他的小手：

「土兒，不准哭，狠着點！」

聽得一聲聲口號：

「封建餘孽！」

「給資本家披上獸皮！」

「反革命！」

這些人比野獸還兇猛，無情——見過了大場面，他還怕什麼野獸？天下還有什麼可以唬倒他？

除了窮！

他像野獸一樣的活到今天了。

父母被迫上學習班、捱批，他黑五類、乞丐、盲流、三無、反革命、狗、農民、工人、倒糞、打手、賊、倒爺……都幹過了。他冷、狠、準。他明白，在這裏除了錢，再沒有更神聖和威嚴的東西了。這不是驀然開竅或天賦異稟，是社會造就他的——後來，「土兒」給改了名字：「李圖」，大展鴻圖，擴展版圖。

狐場的矮牆，有：

「大力發展養狐事業

帶領農民走致富道路」

這朱紅的大字經了日曬雨淋，稍微褪色——但東家早已是山東大款「狐狸大王」。

狐狸精算什麼？

人憑一口真氣，雄性優勢，就強過妖。

銷魂的滋味真難忘。但——

李圖望着赤狐的屍體。想：

「你讓人幹過，就妄想做人嗎？怎麼得了？三分顏色開染坊，門兒也沒有！別傻。」

他呼口氣把牠肩、背的毛絨吹開，真漂亮。顏色深紅至淺，層次分明，茂密蓬鬆，一點雜質也無。如今肚子中那個，人非人，狐非狐，既不純，亦不美，反不值錢。

根本要不得。

「可惜！」李圖歎息：「真可惜！——還沒有好好的配種產仔，給我大賺一筆，利用價值尚未開展，就提早取皮，唉，可惜！」

大歎三聲後，得抓緊時間。必須在狐未完全僵硬時盡快剝皮。

李圖把赤狐定在柵型的擺放架上，腹部朝上，兩條後肢拉開，尾巴直放。牠如今乖乖地袒腹相向，全盤信賴，紋風不動，癡心一片。

有後悔用情嗎？

有自恨錯愛了？誤信了？

先用利剪從一肢的後掌開始，沿內側，繞過肛門，再挑至另一肢後掌。「開襠」之後，由後軀連尾巴逐步逐步向前剝離，使皮張呈圓筒狀。最後抽出尾骨並將尾皮全部挑開。為避免過程滑手，或脂肪污染被毛，助手小張和老周在皮板上不斷撒鋸末。

期間銀光一閃。

李圖把血污挑開——這是一個附着小珠串和小圓鏡片的環。

它不像耳環，不是指環……

這是一個他見過的，在閃爍而紛亂的燈光下，不停抖動和反射的，別在紅紅肚子上的臍環。

肯定是那個晚上見過的，臍環……

李圖若無其事扔掉，面不改容，溫柔細緻。到了狐的眼耳口鼻處，還小心翼翼地寸進，保持完整。

圓滿地剝皮後，便將皮板朝外的皮筒套上楦棍上，快速用刀刮油，清除脂肪、殘肉、血絲、軟骨……最後灑上鋸末，把皮板、毛皮兩面，都反覆揉搓，至油污洗掉，乾淨清爽地上楦板，釘牢定形。每隔一天，翻過一面來風乾。直到完全乾燥為止。

十天後。

室溫 5℃，相對濕度 65% 的陰暗通風儲藏間木門打開了。

李圖領着製片和服裝設計師來挑選。一名國際級導演將要開拍新片，需要一批皮子做戲服，他們來辦貨。

特地為女主角挑幾張狐皮。

「啊！這赤狐，真耀眼，又驕氣，簡直就是她了！」

十九歲的妞兒，電影學院還沒畢業，聰明冷艷，而且手段高明。不知如何，見盡世面的導演被迷住了——非要提拔為首席女主角，捧到外國影展去。

「可不？」李圖附和：「這是場中極品，七年來碰不上比這更好的了。説真的，我也捨不得脱手——」

李圖收下一張支票，強抑興奮。他「忍痛出售」的表情，令來客深感貨物超值，非常滿意。

李圖送出門外，揮手作別：

「紅紅，傻孩子，你終生不過是張皮子，得借屍還魂。目下可找到正主兒了！記着：今生來世，無情才可自保。」

www.cosmosbooks.com.hk

書　　名　焰口餓鬼
作　　者　李碧華
責任編輯　吳惠芬
裝　　幀　天地美術部
美術編輯　郭志民
出　　版　天地圖書有限公司
香港黃竹坑道46號新興工業大廈11樓（總寫字樓）
電話：2528 3671　傳真：2865 2609
香港灣仔莊士敦道30號地庫（門市部）
電話：2865 0708　傳真：2861 1541
發　　行　香港聯合書刊物流有限公司
香港新界荃灣德士古道220-248號
荃灣工業中心16樓
電話：2150 2100　傳真：2407 3062

初版日期　2021年6月・香港

ISBN 978-988-8549-79-5

妖魔鬼怪 系列

某日，和尚托缽化緣，迷路了，進大宅解結界，走出一群饑渴痛苦的餓鬼，腹脹如甕缸，咽喉細如針孔，任何食物都在它們噴火的「焰口」化為灰燼。

他超度孽鏡中現形的餓鬼，卻忘了情深緣淺的 17 歲少主亡魂，只因相隔一道忘川，和一碗湯……

（新書）

妖魔鬼怪 系列

日本江户時代的女人，剃眉毛、擦白粉、塗紅唇、染黑齒——以鐵鏽黑漿水染在一口白牙上，否則再漂亮的貴族女子也嫁不出去。

一張嘴像墓穴也像黑洞，幸好有疫情相助，人人口罩蒙面，沒被識破。但，身處香港，異鄉飄零的四百多歲女妖，一不小心，在火災意外中現出原形……

（新書）

01 雞蛋的墳墓

02 金蘋玉五郎

03 恐怖送肉糉

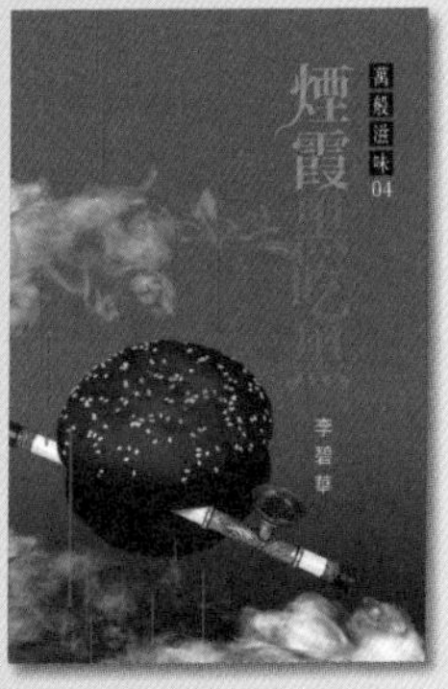

04 煙霞黑吃黑

05 青紅甜燒白

06 香橙一夜乾

07 白露憂遁草

08 九鬼貓薄荷

萬般滋味

系列

李碧華 作品

1 白開水（散文）
2 爆竹煙花（訪問遊記散文）
3 紅 塵（散文）
4 青紅皂白（散文）
5 胭脂扣（小說）
6 霸王別姬（小說）
7 色 相（一零八個女人）
8 青 蛇（小說）
9 戲 弄（散文）
10 鏡 花（散文）
11 糾 纏（小說）
12 生死橋（小說）
13 幽 會（散文）
14 白 髮（散文）
15 潘金蓮之前世今生（小說）
16 秦俑（小說）
17 綠腰（散文）
18 个体戶（散文）
19 天安門舊魄新魂（小說）
20 滿洲國妖艷——川島芳子（小說）
21 不但而且只有（散文）
22 江湖（散文）
23 變卦（散文）
24 霸王別姬新版本（小說）
25 南泉斬貓（散文）
26 好男人不過是一瓶好的驅風油（長短句）
27 恨也需要動用感情（長短句）
28 中國男人（散文）
29 水袖（散文）
30 誘僧（小說）
31 草書（散文）
32 潑墨（散文）
33 泡沫紅茶（散文）
34 蝴蝶十大罪狀（散文）
35 基情十一刀（散文）
36 吃貓的男人（小說）
37 聽明丸（長短句）
38 咳出一隻高跟鞋（散文）
39 630電車之旅（最後紀錄）
40 吃眼睛的女人（小說）
41 八十八夜（散文）
42 荔枝債（小說）
43 流星雨解毒片（小說）
44 給拉麵加一片檸檬（飲食檔案）
45 有點火（散文）
46 逆插桃花（小說）
47 女巫詞典
48 藍狐別心軟（散文）
49 橘子不要哭（散文）
50 煙花三月（紀實小說）
51 水雲散髮（飲食檔案）
52 夢之浮橋（散文）
53 礦泉水新版本（散文）
54 凌遲（小說）
55 真假美人湯（散文）
56 牡丹蜘蛛麵（飲食檔案）
57 赤狐花貓眼（小說）

58 涼風秋月夜（散文）
59 櫻桃青衣（小說）
60 如痴如醉（散文）
61 把帶血刀子包起來（散文）
62 鴉片粉圓（散文）
63 還是情願痛（散文）
64 紅袍蠍子糖（飲食檔案）
65 人盡可呼（散文）
66 新歡（小說）
67 風流花吹雪（散文）
68 餃子（小說）
69 紅耳墜（散文）
70 黑眼線（散文）
71 最後一塊菊花糕（小說）
72 蟹殼黃的痣（飲食檔案）
73 焚風一把青（飲食檔案）
74 女巫法律詞典
75 緣份透支（散文）
76 季節限定（散文）
77 給母親的短柬（博客留言結集）
78 紫禁城的女鬼（小說）
79 七滴甜水（散文）
80 一夜浮花（散文）
81 生命是個面紙盒（散文）
82 西門慶快餐（飲食檔案）
83 青黛（散文）
84 枕妖（小說）
85 歡喜就好（散文）
86 火燒愛窩窩（飲食檔案）
87 三尺三寸（散文·攝影）
88 奇幻夜（怪談精選集）
89 迷離夜（怪談精選集）
90 冷月夜（怪談精選集）
91 妖夢夜（怪談精選集）
92 幽寂夜（怪談精選集）
93 紫雨夜（怪談精選集）
94 寒星夜（怪談精選集）
95 梅花受騙了（散文·攝影）
96 未經預約（小說）
97 52號的殺氣（散文·攝影）
98 十種矛盾的快樂（散文·攝影）
99 天天都在「準備中」（散文·攝影）
100 冰蠶（小說）
101 一杯清朝的紅茶（散文）
102 細腰（散文）
103 羊眼包子（小說）
104 裸着來裸着去（散文）
105 喜材（小說）
106 虎落笛之悲鳴（散文）
107 藍蘋夜訪江青（散文）
108 烏鱧（小說）
109 離奇（小說）
110 不見了（散文）
111 雞蛋的墳墓（萬般滋味）
112 金蘋玉五郎（萬般滋味）
113 誰是前世埋你的人？（散文）
114 紅緞荷包（小說）
115 恐怖送肉饗（萬般滋味）
116 煙霞黑吃黑（萬般滋味）
117 青紅甜燒白（萬般滋味）
118 人骨琵琶啟示錄（散文）
119 香橙一夜乾（萬般滋味）
120 白露憂遁草（萬般滋味）
121 九鬼貓薄荷（萬般滋味）
122 午夜飛頭備忘錄（散文）
123 陰兵借道（小說）
124 尋找十二少（小說）
125 焰口餓鬼（小說）
126 黑齒（小說）